선계에 가고 싶다 2

선계에 가고 싶다 2

ⓒ 문화영, 1999

1판 1쇄 | 1999년 5월 25일
3판 1쇄 | 2008년 5월 26일
3판 2쇄 | 2010년 12월 9일

문화영 지음

펴낸곳 | 도서출판 수선재
펴낸이 | 이혜선
편집팀 | 윤양순
영업팀 | 서대완

출판등록 | 1999년 3월 22일 (제 1-2469호)
주소 | 서울 종로구 가회동 172-1 3층
전화 | 02) 737-9454 팩스 | 02) 737-9456
홈페이지 | www.suseonjaebooks.com
블로그 | http://blog.naver.com/ssj_books
전자우편 | will@suseonjae.org

ISBN 978-89-89150-38-1 04810 (2권)
       978-89-89150-36-7 04810 (세트)

선계에
가고
싶다
2

선계수련 일기와 선계통신 — 문화영 지음

수선재

목차

선 계
스 승 님 과 의
만 남

선계에 가고 싶다 1

선계
스승님과의
만남

하늘을 보아라. 숨을 크게 들이쉬고 이 세상의 모든 일들은 작은 것들이라고 생각해라. 그런 작은 일들에 흔들리는 자신의 모습을 밖에서 한번 바라보면 흔들림이 멈출 것이다.

한때 수련을 게을리 하면 천길만길 낭떠러지로 떨어지는 것은 순간이니라. 아직 때가 늦지는 않았으니 매사를 수련으로 풀어 보도록 해라. 누구라도 수련을 하지 않고 공부의 길을 가기는 너무나 어려워 거의 불가능에 가깝다. 항상 같은 마음으로 공부를 계속해야 순행順行이 가능하며 순행에서 가속이 붙어야 진전이 있는 것이지 어느 정도에서 평상시 수련만 한다면 특별한 발전은 없다.

특별한 발전을 이루고 싶다면 매일 일정한 수련을 강도 있게 밀어 붙여야 하며 그 정도가 날이 갈수록 깊어져야 한다. 모든 것이 그리 쉽게 되는 것이 없는데 더구나 이것은 더한 것이니 수련을 하고자 하면서 게을리 하고 넘긴다는 것은 어불성설이 아닐 수 없다.

한순간 한순간이 모두 수련의 연속이 쌓이고 쌓여 위치에 올라가는 것이니 하루하루 잊지 않는 정도라면 가는 속도가 늦추어질 뿐이므로 수련에 전념할 시간이 부족하다고 생각될 때에는 천서를 매일 받도록 해라.

천서는 하늘의 글이며 인간 세상의 내용이 아니니 천서를 어떻게 받는가에 따라 앞으로 타인을 지도할 내용이 풍부하겠느냐의 여부가 달려 있는 것이니라. 한 달간 받아 적다 보면 새로운 세계가 열릴 것이다.

새로운 세계로의 접근은 빛과의 연결로 이루어질 것이니 항상 빛을 의념하여 수련에 정진해라. 수련은 생활이고 생활이 수련이니 항시 잊지 않도록 해라.

수련을 게을리 한다고 매일 꾸중 듣다.

도대체 뭐하고 있는 것이냐? 그래가지고서야 무슨 공부를 한다고 할 수 있단 말이냐? 넘어가지 못하고 말 셈이냐? 이 정도에서 그렇게 시간을 끌다가 어찌 공부를 한단 말이냐? 과신을 할 필요도 없거니와 안 할 것도 없느니라. 그만하면 속俗에서 많이 공부했다고 할 수 있느니라. 그대로 2~3년만 더 버티면 어떤 결실이 조금은 있을 터인데 이제 와서 그렇게 주저앉으면 어쩌겠다는 것이냐?

한시나마 마음을 잡고 수련에 정진토록 해라. 천서라도 부지런히 받으라고 하지 않았더냐? 파장의 끊김이 이리도 빈번해서야 어찌 공부를 전달할 수 있겠느냐? 공부란 이렇게 하다가 말다가 해도 되는 것이 아니니 하는 김에 뿌리를 뽑아야지 이런 식으로는 어려울 것이니라. 다시 한 번 생각해 보도록 해라. 수련의 필요성을 느끼느냐?

네.

수련을 어떻게 해야 한다고 생각하느냐?

…….

구체적인 계획도 없이 막연히 앉아만 있다고 어찌 수련이 되겠느냐? 잘 생각해 보도록 해라.

수련하는 일이 따분해졌다.

인간의 다섯 가지 욕심

 이제 수련을 해야겠다는 생각이 들었느냐?

네.

왜 수련을 해야겠다고 생각했느냐? 본질적인 문제는 외면하고 막연히 생각했던 것은 아니었더냐? 수련을 뚜렷한 목표가 없이 그렇게 해서야 어디 어떻게 견성을 할 수 있겠느냐? 먼저 건강부터 살펴라. 매일 30분 이상 운동을 생활화하고 자신의 몸을 돌보며 수련에 관해 생각해 볼 수 있는 시간을 갖도록 해라.

다시 원점에서 시작한다고 생각해라. 수련을 하다 보면 모두 털어야 하는 시기가 있는 것이니 마음 깊은 곳에서 털어 넘어가도록 해라. 이런 여과 과정이 없이 수련을 하기는 힘 드는 것이니라. 생각을 깊이 하면서 한 발자국 한 발자국 나가야 하는 것이니 숙고하며 가도록 해라.

오욕五慾에는 물욕, 색욕, 명예욕, 이기심, 나태하고 수면에 대한 욕심이 있는데 하근기는 물욕과 색욕을 끊기가 어렵고, 상근기는 나머지 욕심이 끊기 어렵느니라. 너는 편안해지고 싶은 욕심이 왜 그리 많으냐?

알겠습니다.

탁기도 필요하다

 이제 정신 차렸느냐? 공부가 뭔지 알 것 같으
냐? 기氣란 실체가 그렇게 어려운 것이 아니
니라. 사람이나 동물이나 식물이나 이 우주에는 모든 것이 마음을
가지고 있는데 그 모든 마음이 보이도록 표현되는 것이 바로 기니
라. 이것을 볼 수 있느냐, 없느냐 하는 것은 본인의 능력에 달린 것
인데 수련에 의해 가능하게 되기도 한다.

이 보는 능력을 어떻게 사용하느냐에 따라 수련이 진전되
기도 하고 퇴보되기도 하며 해도 안 한 것같이 되기도 한다. 기라
고 해서 특별한 것이 있기보다는 그 자체를 어떻게 적재적소에 배
치하느냐 하는 것이 중요한 것인데 가물 때는 비가 필요한 것처럼

어떠한 탁기나 사기도 요구하는 곳이 있기 마련이다.

그곳에 있으면 그것도 정기처럼 사용될 수가 있으므로 탁기나 사기라고 모두 나쁜 것은 아니니라. 걸레가 때 있는 곳을 닦을 때 더없이 요긴하게 쓰이듯 탁기도 그보다 더한 탁기에게는 정화시킬 수 있는 능력이 있는 것이니라. 수련에 든 사람은 특히 너는 이제 기를 사용하여 어떤 일을 할 단계를 넘어섰다. 자신을 갈고 닦아 더욱 발전시키는 쪽으로 사용되며 누구에게 어떻다느니 하는 말은 않도록 하는 것이 좋다.

입문단계에서는 기의 실체의 규명도 없이 그저 끌어 모으고 돌리고 사용함에 바쁘게 되는 것이나 이제는 기의 실체가 모든 것의 마음이라는 것을 알았으니만큼 자신을 갈고 닦아 모든 만물에 모범을 보이도록 함에 치중해야 한다.

마음이 정리되어 모든 인연이 끊어지고 나면 진심으로 맑음 속에서 수련이 진전될 것이다. 그 단계에 가면 기는 의식하지 않고 그저 갈고 닦음에 치중하여 빠르게 갈 수 있는 것이나 빠르게 가고 싶다는 그것 자체도 없어야 함은 물론이다.

모래 한 알까지도 가지고 있는 이 마음은 모든 것을 진화시키는 원동력이 되며 진화는 결국 깨달음에 가까이 가는 길이니 인간으로 태어나서 그만한 인연을 얻기가 힘들 것인즉 금생에 한껏 노력해 보도록 해라.

견성이란

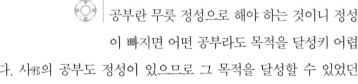 공부란 무릇 정성으로 해야 하는 것이니 정성
이 빠지면 어떤 공부라도 목적을 달성키 어렵
다. 사邪의 공부도 정성이 있으므로 그 목적을 달성할 수 있었던
것이니 정성이란 본인이 원하는 쪽으로 수련을 끌고 갈 수가 있는
것이다.

정사正邪의 차이는 후에 판가름 나는 것이나 사邪라고 해서
반드시 벌을 받는 것은 아니다. 그 자체로서의 역할이 있기 때문이
다. 사가 있어야 정正이 있고 정이 있어야 사가 있듯 모든 것이 필
요에 의해 있는 것이고 있어야 할 곳에 있어야 하는 것이니라.

정향正向의 수련이 필요한 이유는 밝고 고운 쪽으로 가야

한다는 하늘의 뜻이다. 어둠도 필요하지만 인간이 지향해야 할 곳은 밝음이어야 하는 까닭이다. 아무리 어둠이 짙게 덮여도 밝음에는 당하지 못하며 어둠은 항상 뒷면에서나 존재할 수 있는 것이므로 정심正心으로 수련하면 밝음으로 나오게 되어 있다.

정심이란 끊임없는 자기 발견으로 찾을 수 있는 것이며 내 마음의 맨 밑바닥에 가만히 위치하고 있는 것이니 모든 때를 씻어내면 저절로 드러나게 되어 있으나 닦지 않고 놔두면 곧 다시 때가 묻게 되어 있는 것이니 금생에서 입힌 때만도 적지 않은 너희들은 부지런히 평상심平常心을 닦아 정심에 도달할 수 있어야 하느니라.

정심에의 도달이 간단치 않거니와 도달하면 그 자체가 곧 깨달음이 될 수도 있다. 정사正思, 정행正行 등 모든 것이 정심에 근거를 두고 있는 것이니 정심으로 찾아 들어가면 모두 가능하나 정사, 정행만은 정심이 없이도 가능한 것이다. 공부란 정심이 그 근본이 되어야 하는 것이니 부질없는 시간 낭비는 없도록 해라.

정심의 발견은 견성과 어떤지요?

그게 견성이니라. 본성을 찾는 것과 정심을 찾는 것은 같은 이치이고 뜻이나 말이 다른 것이니라. 견성으로 찾아야 하는 것도 정심 그 자체니라.

어떤 방법으로 찾아가야 하는지요?

앉아야 한다. 앉음이 깊어야 하며 뿌리가 내리도록 앉아 있어야 하느니라. 생각에 어떤 파도도 없이 앉아 있을 수 있을 때 내려다보일 것이니라.

다른 방법은 필요 없는지요?

그것밖에 없다.

감사합니다.

먼저 신법身法을 열심히 해서 몸을 만들어라.

정심은 수련 속에서 찾는 것

 수련해야겠다는 생각이 들었느냐?

네.

어떻게 수련을 하려고 하느냐?

우선 몸을 만들고 정심을 찾아볼까 하옵니다.

정심正心을 어떻게 찾겠느냐?

항시 모든 행동 속에서 찾아보겠습니다.

그것이 아니다. 수련 속에서 찾아야 한다. 정심은 그 실체가 워낙 엷고 연해서 그리 쉽게 잡아지지 않는 것이니 그 안에 들고서도 들었는지를 잘 알 수 없는 경우가 있다. 어느 한편으로 정심일 때는 정심의 방향이 쏠려 있으므로 어느 한편으로는 정심일수가 있는 것이나 정심 가운데로 들어가고 나면 모든 것이 정심으로 되게 되어 있다.

정심으로 들어간다는 것은 수련 단계가 상당한 단계에 오른 뒤의 일이니 정심의 실체를 밝혀 봄이 필요할 것이다. 정심은 곧 하늘의 마음으로서 모든 것이 제자리에 있는 것이니 그렇게 되기는 정말로 어려운 바가 있을 것이다.

작은 생각 하나도 빗나감이 없고서야 정심이라고 할 수 있을 것인데 그 정심에 제대로 든 사람은 아직 몇 없다고 할 수 있다. 이 상태에서는 모든 번뇌가 와 닿을 수가 없다. 번뇌에 싸여 있을 때는 아직 정심의 안에 들 준비 단계일 때이다.

이 단계가 끝나면 정심의 실체를 알고 그 실체를 알고 나서 한참을 더 정진해야 그 언저리에 닿을 수 있게 되며 그렇게 되고 나서 얼마간을 더 정진해야 수련을 했다고 할 수 있을 것이다.

현재의 상태는 수련이기보다는 수련의 준비 기간이고 이 준비 기간이 끝나고 얼마를 가야 할지는 본인의 뜻에 따라 다르다. 근기가 수련 정도에 미치는 영향은 거의 절대적이며 상근기 중 상근기인 너의 경우는 금생에 깨고 나가지 못하면 이런 절호의 기회가 다시 오기는 어렵다고 할 수 있다. 금생의 기회는 수만 번에 한 번 정도 온다고 할 수 있는 것이니 이 기회를 잘 살리도록 해라. 모든 것이 공부니라.

일본의 선계수련

 인사드림.

무슨 일이냐?

일본인의 책 'OO의 실상'이라는 책에 대해서 여쭙고자
합니다.

좋은 책이다. 필요한 책이고……. 하지만 전부는 아니니
필요한 범위 내에서 소화하도록 해라. 초보자에게는 좋은 지도가

될 수도 있으나 상당히 수련을 한 사람은 별 도움이 되지 않을 수도 있다. 한 번은 볼만한 책이다.

어느 정도로 보아야 하는지요?

너무 깊이 생각할 것 없이 그저 한 번 보면 된다. 남들이 따라 할 수 있는 부분이 아니며 선계수련과는 길이 다르다. 참고사항 정도로 생각하면 될 것이다.

일본인들의 것은 모두 그런지요?

모두 그런 것은 아니다. 일본에도 정통 선계수련이 있으나 ○○의 실상은 그것이 아니기 때문이다.

정통 선계수련은 어떤지요?

후지산 깊숙이 수련 장소가 있으며 그곳에서 30~40여 명 정도가 관심을 가지고 수련에 임하고 있다.

그들의 방법은 어떤지요?

마찬가지이니라.

누구에 의해 전수되었는지요?

고대 예설랑에 의해 전수되었다.

○○의 실상을 부분적으로 권해 보겠습니다.

그것은 관계없으나 전적으로 권하기는 무리인 책이다.

심법은 안에 있는
기운을 키우는 것

 지기와 천기에 대해서 다시 여쭙고자 합니다.

지기가 들어오면 그에 상응하는 천기가 들어와 조화를 이루어야 하는 법이다. 지기의 과다 섭취는 결국 큰 수련에 이르지 못하게 하는 원인 중의 하나이니 지기가 많을 때는 그에 상응하는 천기의 주입이 요청된다.

황금색의 기운은 천기의 대표적인 색깔로서 굳은 상태이므로 조금씩 조금씩 녹아 들어오게 되어 있는바 녹아 내려오는 상태에서 흡수되어 체내에 쌓이게 된다. 지기 열 개가 천기 하나를 당하지 못하니 그 기운은 세게 내려오면 받을 수 없다.

○○성星 기운은 이 기운이 내려오는 동안 멈출 것이니 ○○

성을 의념하지 말고 하늘만 의념하도록 해라. 다소 광범위한 화두이나 이 수련 시기에 전반적으로 기운을 융화시켜 가볍게 할 수 있을 것이다. 이 기운을 다 받고 나면 다시 ○○성 기운으로 돌아가는데 돌아가면 더욱 서늘하게 맑은 기운으로 올 것이다.

어떻게 힘을 길러야 합니까?

불필요한 것들을 정리하면 기운이 남는다. 기운이 남으면 수련 진도가 잘 나갈 수 있으나 기운이 부족하면 수련 진도가 더딜 수밖에 없다.

기운은 어디로 받아야 합니까?

아무것도 받지 마라. 네 안에 있는 것을 키워야 한다.

우주에서 음양은 어떤 차이가 있는지요?

우주에서 음양이란 상하의 구별이 있다. 양은 위요, 음은 아래이나 위와 아래가 지위의 차이가 아닌 업무의 배분이다. 양은 양대로, 음은 음대로 자신의 일이 따로 있는 것이며 그것으로 인해 혼동이 오는 일은 없다.

피로회복은 어떤 방법이 가장 좋은지요?

　　수면이 좋다. 다음은 수련이 좋고, 다음은 운동이 좋다. 수면은 피로회복의 가장 좋은 방법이나 수면이 어려우면 수련을 하고, 수련이 어려우면 운동을 해라. 운동은 평소에 해야 하나 평소에 하지 못할 때는 수련 시간이 끝난 후 조금씩이라도 하도록 해라. 온몸의 관절을 모두 풀어 기의 순환이 부드러워지면 피로회복에 한결 도움이 된다.

　　저녁에 자기 전에 하는 운동은 특히 좋다. 항상 몸을 건전하게 유지하고 불필요한 곳에 힘을 쏟는 것을 막으면 건강은 돌아오게 되어 있다. 불필요한 곳에 힘을 쏟는 것이 기운의 소모에 비해 가장 수확이 적은 짓이니라.

기운 하나를 써도 얻어 들이는 것이 있어야 참공부이지 기운 열 개를 써도 얻는 것이 없으면 소용없는 것이니라. 항상 집중이 가능하게 되기 위해서는 맑은 상태를 유지해야 하는데 이런저런 일로 맑아지기가 힘들면 쉬는 것이 좋고 쉬고 일어나서 수련으로 가다듬도록 해라. 수련은 하단에 의식을 주고 가라앉히는 것 위주로 하면 피로회복이 빠르다.

손은 처음에는 합장하고 후에는 모아서 가볍게 내려놓도록 해라. 끝날 때도 합장을 하면 좋다. 의식의 집중도 하단에 한다. 글을 쓸 때도 하단에 의식을 집중하고 하면 잘될 것이다.

잡념을 막으려 일부러 애쓰지 말라. 앉아있는 시간에 비례해서 잡념의 양이 점차 줄어드는 것이 바람직스러운 것이니라. 그 잡념도 의미가 있어서 다가오는 것이니 모두 맞아 치우도록 해라. 오다가 오다가 끝나면 안 오게 될 것이니 그때 가서야 자연스럽게 정심에 들 수 있을 것이니라.

자세는 쌍반슬이 좋으나 단반슬도 무관하고 다만 등뼈는 바로 펴고 앉는 것이 좋다. 수련 전 가볍게 앉는 자세를 바로 할 수 있을 정도로 허리, 팔, 다리를 풀어주는 것이 좋다. 하늘의 일은 가벼이 전파할 수 있는 것이 없으니 그리 알고 수련에 임하도록 해라.

기운을 막으려면 어찌해야 하는지요?

일부러 막을 필요 없다. 다만 상극이 되는 기운을 만나면 잠시 옆으로 비낌으로써 스쳐 지나가게 할 수는 있으나 바로 쳐들어가는 일은 없도록 해라.

요즈음 수련을 바로 하고 있는지요?

바로 하고 있다. 흔들림이 많이 자제되었는바 파장이 더 내려갈 수 있도록 해야 한다. 기복이 많이 올 수도 있으니 그 선에서 충실할 수 있도록 하고 들뜨지 않도록 해라. 건강이 가장 중요하나 마음의 건강이니라. 아직 불완전한 부분이 많이 있으니 그것에 대해 연구해 보고 털 것은 털어야 빠져나갈 수 있다. 이제는 돌아갈 준비를 본격적으로 해야 하는 때이므로 깊이 있게 살펴서 걸림돌이 없도록 해라. 버릴 때는 어떻게 버려야 한다고 생각하느냐?

마음 밑바닥에 있는 것을 먼저 버려야 한다고 생각합니다.

맞다. 어떤 것은 정말로 떼어내기 어려운데 그 어려운 것을 버리기 위해서는 위에서부터 버리지 말고 아래에 있는 버려야 할 대상의 근본을 버리면 모두 저절로 정리되게 되어 있느니라.

어떤 방법으로 버리면 되겠습니까?

잊어버리면 된다. 있다는 것조차 잊어버리면 저절로 사라지게 되어 있다. 잊어버리지 않는 한 언젠가는 다시 떠오르게 되어 있다. 잊어버리도록 해라.

명심하겠습니다.

아울러 주변 사람들에게 마음의 도움을 많이 주도록 해라.

잡념의 제거 자체가 욕심이니라. 잡념이란 것이 모두 본래 나의 것이 아닌 것이 없다. 모두 내 안에 있었던 것이고 지금도 내 안에 있는 것이다. 버려야 할 대상 중에는 잡념도 그 일부를 이루고 있는 것이니 그것을 버리지 않고 모두 버렸다고 할 수는 없는 것이다.

잡념의 제거는 수련의 시작이자 끝이니 그것이 되면 그 순간 수련도 끝나는 것이다. 잡념이 오는 것 자체가 어떤 면에서는 수련이 진전되어 가고 있는 것이니 서운케 생각할 것 없다. 잡념이 어떤 것이라는 것을 제대로 알고 나면 수련을 대하는 마음가짐이 달라져야 한다는 것도 알 수 있을 것이니 그대로 따르도록 해라.

수련은 기 소모가 상당한 것이니 기 부족이 느껴지는 것 또한 자연스런 것이다. 평소 축기에 충실하였으면 수련 시간 내에 별로 부족함이 없이 갈 수 있을 것이요, 평소 축기에 소홀하였다면 기 부족을 느끼며 갈 수밖에 없을 것이다.

평소 축기를 충실히 하였음에도 기 부족이 느껴진다면 진도를 너무 빨리 잡은 것이므로 좀 천천히 하면 될 것이다. 수련은 절대 무리해서 되는 것이 아니요, 철야나 금식 자체도 그 단계에서는 자연스러운 것이어야 한다.

아무나 할 수 있는 수련이 아님을 알 수 있을 것이다. 평소 특별한 진전은 없더라도 축기만은 꼭 하고 넘어가도록 해라. 특히 산山에 가서 기운을 받으려 하지 말 것을 요한다. 기운에 체하는 수가 있다. 달라고 하지 않아도 오는 것이 진짜 기운이다. 서서히 받아라.

수련을 가벼이 생각지 말 것을 요한다. 항상 한결같은 마음으로 임하고 끝내며 언제나 일정한 정도의 진도를 챙길 수 있도록 해라. 수련의 묘미는 항상 일정한 템포를 유지함으로 자신의 리듬을 조화시키는 데 있다.

축기도 중요하나 그보다 더 중요한 것은 축기 전의 마음가짐이다. 무작정 축기만 한다고 축기가 되는 것이 아니고 축기가 될 수 있는 분위기인 마음바탕을 조성한 후 축기를 해야 하는 것인데 그 분위기의 조성은 평소에 이룩해야 하는 것이다.

항상 잔잔한 마음가짐은 수련 시작 즉시 축기로 들어 갈 수 있는 근본을 마련해 주며 그렇지 않으면 수련에 들어 그 준비를 하는 데 많은 시간을 소모하게 된다. 무념 상태의 집중이 가장 확실한 축기가 되는 것이며 이런저런 번뇌에서 벗어나 있으면 그 자체로도 몸의 건강은 찾아지게 된다.

벗어나는 첫 번째의 방법은 생각이 자신의 한가운데 즉 하단으로 모이는 것이며 하단에 생각이 모인 상태에서의 무념은 가장 확실한 축기의 방법이 된다. 중·상단은 가벼운 마음으로 깨고 나가야 하며 인당은 아직 터치하지 않는 것이 좋다.

인당이 열릴 때가 되면 평소의 사고방식이 활동 범위를 벗어나게 되므로 자유로운 사고가 지배하게 될 것이다. 한때의 잡념은 계속되는 어긋남의 소지를 제공하게 되니 필히 제거토록 해라.

수련 진도는 항상 일정해야

수련이란 항상 일정해야 하는 것이다. 깊지도, 얕지도, 길지도, 짧지도 않으며 언제나 비슷한 정도에서 진전되어 나가야 하는 것이다. 수련 상태가 항상 비슷하면 진도가 일정하게 되고 진도가 일정하면 진전이 평온하게 되는 것이다.

수련 전이나 중이나 후가 모두 비슷한 상태로 이루어져야 하며 언제가 더 잘되고 언제가 안 되는 일도 바람직스런 것은 아니다. 이와 같은 상태에서 컨디션이 일정하게 된 후 참으로 건강의 완성을 추구하는 것이지 어쩌다 수련이 좀 잘되는 것을 가지고 어떻다고 평가하기엔 너무 이르다고 생각해야 한다.

수련은 평온한 상태를 항상 유지함에 어려움이 없고 나서야 기본이 되었다 할 것인즉 몸을 움직이건 움직이지 않건 그런 상태가 되어야 한다. 조용한 가운데 자성自性을 구하고 자성을 본 후 참수련으로 나가는 것인바 가벼운 진전으로 마음이 들뜨지 않도록 주의해라.

최근 컨디션이 상당히 양호해졌음은 이제 평온해지는 입구에 진입하였음이니 앞으로도 계속 이런 상태를 유지토록 해라. 누구든 주변 사람에게 도움이 될 수 있는 방향을 연구하고 금전이 나갈 구멍은 가급적 막도록 하되 이왕에 한 약속은 지켜야 하는 것이 물物로써 업을 만들지 않는 길이다.

수련이 일정 궤도에 오르면 이제까지보다는 생각지 못했던 어려움이 닥칠 것인데 모든 것의 원인이 네 자신에게 있는 것이니라. 성급히 대책을 연구치 말고 차근차근히 수련 속에서 연구해 보면 해답이 나올 것이니 그대로 하도록 해라.

능력과 노력

능력은 많다고 좋은 것이 아니다. 인생의 모든 것은 노력으로 이루어야 하는 것이니 노력의 비중이 가장 큰 까닭이니라. 노력이면 원하는 것 한두 가지는 이룰 수 있으니 그것이면 족하지 모든 것을 다 이룩한다고 좋은 것은 아니다. 이승에서 기다리는 동안 한두 가지면 족하다. 그 이상이면 오히려 짐이 되는 것이니 있어도 받지 않는 것이 좋다. 모든 것을 간단하게 할 수 있도록 해라. 복잡한 것을 단순화해서 넘길 수 있도록 하는 것이 수련의 묘미이다.

단순한 것을 복잡하게 하는 것은 범인凡人의 일이다. 단순화해도 복잡해서 헤쳐 나가기 어려운데 어찌 어렵게 헝클어 놓고 살펴보려 하느냐? 매사를 간단히 생각하는 버릇을 들이되 그 순간에 모두를 꿰뚫어 볼 수 있어야 한다. 한 조각 한 조각 이룩함에 실수가 없도록 해라.

버리는 법

모든 것이 쉬운 것이 없다. 한때 쉬운 듯 보여도 언제나 어려운 것이다. 남들이 쉽게 하는 것처럼 보인다고 같이 생각했다가는 항상 실패하게 된다. 기의 운용은 특히 심각하게 고된 훈련을 위주로 하지 않고는 먼 길을 가기가 힘든 것 중의 하나이다.

생生에 영향을 끼칠만한 일인 공부(수련)를 하고 있으면서 어찌 가볍게 임할 수 있는가? 생각을 다시 해보고 임하도록 해라. 특히 가볍지 않은 것은 인생의 상담인바 이는 더하다.

아직 공부가 깊지 않아 대답하기가 쉽지 않을 것이니 그리 대답하고 응하지 않도록 해라. 최선을 다하고 나면 하늘의 평가는 일정하니 걱정할 것 없다. 노력으로 점수가 나오는 것이니 그리 알도록 해라. 쉬운 것이 없다.

○○성에 도착하기 전에 버릴 것은 모두 버릴 것을 요한다. 버리지 않으면 통과가 불가하다. 그때 가서 버리려 하면 버려지지도 않을 뿐 아니라 통과는 물론 안 된다. 공부란 단계를 항상 미리 밟아야 하는 것이니 사전에 버릴 것은 모두 버리고 갈 수 있도록 해라.

버리는 법에는 강물에 띄우는 법, 절벽에서 밑으로 떨어뜨리는 법, 공능으로 분해시키는 법, 잊어버리는 법이 있는데 잊어버리는 방법이 가장 자연스럽게 버려지는 법이다. 모든 것을 버릴 수 있으면 그 순간부터 하나씩 버릴 수 없던 것을 버림에 수련의 묘미가 있다. 무거운 것을 버리는 것이 얼마나 힘든지 알고 하도록 해라. 항상 공부하는 버릇을 들이도록 하고 매사를 연구해라.

문학은 수련의 핵심을 꿰고 나가는 길이다. 그것으로 연결해 나간다. 놓치지 않도록 할 것을 요하며 지금껏의 인연도 그것으로 연결되어 왔다. 힘내라. 앞으로는 힘이 많이 부족하지 않을 것이다.

도인은 평범한 모습

한때는 모든 것이 단정적으로 생각될 수도 있다. 모두 한 가지로만 생각지 말아라. 이것이 옳다고 계속 옳은 것은 아니다. 때로는 저것이 옳은 적도 있으니 이 사실을 잊지 않도록 해라. 최근 수련의 진도가 잘 나가고 있다. 잘 나갈 때가 중요하다. 안 나갈 때는 안 나가는 것에 중점을 둠으로써 방향이 정해져 있으나 잘 나갈 때는 오히려 방향을 잃을 수가 있다.

한 번에 모든 것을 하려 하지 말고 차근히 실천해라. 매사가 간단치 않다. 조금씩 진전을 하다 보면 끝이 나오는 것이지 석가처럼 한순간에 깨는 것이 아무에게나 가능한 것이 아니다. 가능한 경우가 따로 있는 것이니 그리 알고 수련에 임하도록 해라.

최근에 운동으로 컨디션이 많이 좋아졌다. 수련과 운동은 반드시 병행해야 하는 것이니 가벼운 등산을 병행함은 상당히 좋은 것이다. 항상 수련 중임을 잊지 말고 기와 현실 간에서 길을 잃는 일이 없도록 해라. 수련은 양자의 사이로 나간다. 취할 것은 여기서도 저기서도 취해야 하며 어떤 것이라고 정해진 것이 없다.

흐르는 대로 가되 가야 할 곳으로 가는 것이 수련의 묘미이니 잊고 가는 일이 없도록 해라. 상당한 경지에 올랐다. 이만큼 가기도 어렵다. 계속 정진하여 결실을 보도록 해라. 수련이 깊어질수록 평범한 사람이 되다가 아주 깊어지면 그때 진가가 나타날 것이다.

사명도 기다리지 말아라. 때가 되면 온다. 이제 수련이 힘든 것임을 깨달을 때가 되었다. 조금씩 성취하는 것에 기쁨을 가지도록 하고 작은 성취를 소화할 수 있도록 해라. 중요한 것은 한 번씩 체크하고 넘어가도록 해야 한다.

너무 평범해서 놓치는 것들이 없도록 해라. 수련이 깊어질수록 드러나지 않게 된다. 드러나지 않으면서 깊어지는 것이니 산보다는 바다에 가까운 모습이 되고 후에 산의 형상으로 나타나게 된다. 처음에 산이 되고 후에 바다는 불가하다. 평범의 중요성을 잊지 않도록 해라. 항상 노력하는 자세로 보내며 컨디션이 좋아지는 것만큼 수련에 정진할 수 있도록 해라. 지금은 방향이 바로 잡혀 있다. 더 연구하도록 해라.

항상 잊지 않도록 해라. 파계는 마음으로 하는 것이니 마음이 고정되어 흔들리지 않으면 있을 수 없는 것이다. 언제나 흔들림 없는 마음 상태를 유지할 수 있다면 파계는 정말로 어려운 것 중의 하나이다. 흔들리는 배는 엎어지게 되어 있고 엎어지면 그게 바로 파계인 것이지 다른 것이 아니다.

수련은 이것에서 벗어나기 위해 있는 것이니 벗어나는 것이 목표는 아닐지라도 언제나 잊지 않음으로써 파계가 오히려 어렵게 된다. 잊지 않도록 해라. 늘 마음이 바로 앉아야 한다. 마음이 바로 앉음으로 모든 것이 바로 앉을 수 있다. 흐트러짐이 없는 상태를 유지할 수 있도록 해라. 이제 도약을 시도해 봐도 무방하다.

주변 정리의 어려움

 수련을 어떻게 하고 싶으냐?

금생에 마치고 싶습니다.

어떻게 해야 하겠느냐?

열심히 해야 할 것으로 생각하고 있습니다.

어떻게 열심히 하겠느냐?

매일 일정 시간 깊이 해야 한다고 생각합니다.

어떻게 해야 깊이 하는 것이 되겠느냐?

집중이 중요한 것 같습니다.

어떻게 해야 집중이 되겠느냐?

잡념이 없어야 한다고 생각하옵니다.

어찌해야 잡념이 없겠느냐?

주변을 정리해야 할 것으로 생각하옵니다.

정리했느냐?

아직 못하였습니다.

어떻게 해야 한다고 생각하느냐?

불필요한 모든 사람들과의 관계를 정리해야 한다고 생각합니다.

어떻게 정리하겠느냐?

마음에서 정리해야 한다고 생각합니다.

어떻게 정리하겠느냐?

생각을 안 하는 방법밖에 없는 것 같습니다.

지금 네 머릿속에 있는 것들은 수련과 어떤 관계이냐?

수련과는 무관하옵니다.

그럼 왜 마음이 흔들리는 것이냐?

…….

그런 자세로 어찌 수련을 하겠느냐? 방법을 잘 연구해 보도록 해라.

집중이 깊어야 정성이 나온다

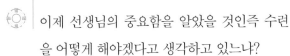 이제 선생님의 중요함을 알았을 것인즉 수련
을 어떻게 해야겠다고 생각하고 있느냐?

정성으로 해야 한다고 생각하고 있습니다.

어떤 정성 말이냐?

수련으로 끝장을 보려는 정성입니다.

어떻게 끝장을 보겠다는 것이냐? 그렇게 해서 어떻게 끝까지 가겠다는 것이냐?

정리되는 대로 열심히 하겠습니다.

어떻게 열심히 하겠느냐?

찾아서 해야 할 것으로 압니다.

어디에서 찾겠느냐?

안에서 찾아보고 안 되면 밖에서 찾겠습니다.

안에 무엇이 없는 것 같더냐?

모두 있을 것 같사옵니다.

안과 밖은 어떻게 다르더냐?

같은 것이옵니다.

왜 안팎을 구별해야 한다고 하더냐?

생각의 차이인가 하옵니다.

어떤 생각의 차이 말이냐?

······.

하나도 제대로 아는 것이 없구나. 공부를 다시 하도록 해라. 이렇게 해서는 힘들다. 그런 공부는 공부가 아니다. 참공부를 해라. 진리를 찾고 그 진리를 깨고 그 이상의 것들을 밝혀 인류를 구제할 생각을 해야 한다.

그런 식으로 수련해서 거기까지 언제 가겠느냐? 피눈물 나는 각오로 임해야 간신히 갈 길을 너무 안이하게 가려고 한 것은 아니었더냐? 무슨 공부를 했다고 그렇게 퍼져 앉아 있단 말이냐? 그게 무슨 공부라고 할 수 있단 말이냐?

공부란 정성으로 하는 것이다. 집중이 깊으면 정성이 나오고 그 정성에서 공부가 시작되는 것이며 그 공부로 끝까지 가야 하는 것이지 시건방지게 조금 보았다고 이러니저러니 하는 것은 예禮가 아닌 것이다. 참공부란 모든 일과에서 출발하되 참으로 옳은 방향으로만 나가야 하는 것이니 그리 알고 다시 시작하도록 해라.

감사합니다.

어찌 생각을 그렇게 하고 있는 것이냐? 그 정도 생각밖에 못하면서 무슨 수련을 한다고 하는 것이냐? 이제껏 수련한 결과가 기껏 그 정도였더냐? 무슨 수련이 해도 해도 그 모양이란 말이냐? 수련을 한다고 하면서 매일 생각은 한 치도 범위를 넘지 못하니 그래가지고서야 어찌 공부하는 사람의 도리라고 하겠느냐?

사람의 탈을 쓰고 정녕 할 짓이 아니로다. 생각이 벗어나는 것은 몸이 벗어남보다 훨씬 더 무거운 것이란 사실을 어찌 잊고 생활하는 것이냐? 모든 이에게 베풀고 또 베풀어도 늘 모자람이 있거늘 어찌 수련을 잊기를 원한단 말이냐?

아직 멀었다. 그래도 공부할 만하다고 해서 길러보려 했거늘 그것이 아닌 것 같은 생각이 드는 것은 어찌할 수 없다. 진정 공부를 하려는 생각이 있거든 지금의 생활태도를 다시 돌아봐야 할 것이다. 그런 식으로 어디 가서 수련을 하려는 것은 공부하는 사람의 자세가 아니다. 더욱 앞서 간다고 생각하는 사람의 취함이 아니다.

공부가 어찌 몸으로만 한다고 하겠느냐? 공부란 모름지기 마음이 80%, 몸이 20%라고 생각해야 하는 것이며 마음 80% 중에는 이 세상의 모든 것이 다 포함된다. 그래도 갖출 것은 다 갖춘 것 같아 보이는 네가 이 모양이니 아직도 수련 언저리에서 서성이는 사람들은 일러 무엇 하겠느냐? 다시 한 번 깊이 생각해 보도록 해라.

기
안
과
영
안

 주말 수련이 어떠했더냐?

최근에는 체력의 부족을 느끼고 있습니다.

등산 때문이 아니었더냐?

그런 것 같습니다.

기감은 어떠냐?

둔해지는 것 같사옵니다.

그게 정상이다. 수련이 깊어지면 기감에 의존하기보다 영감을 발달시켜 영감으로 보게 된다.

영감은 기감과 어떻게 다릅니까?

기감은 기적인 차원이고 영감은 영적인 차원이니 영감이 기감보다 높은 차원의 눈이다. 영감을 발달시키게 되면 기감은 그 속에 포함되나 기감 속에 영감이 포함되지는 않는다. 앞으로는 영적인 눈으로 볼 수 있도록 해라. 기적인 눈에서 탈피해서 영적인 눈으로 볼 수 있어야 한다.

영적인 눈이 식별할 수 있는 거리는 기적인 눈의 세계보다 훨씬 더 멀다. 이런 식으로 눈이 7~8차례 개안되어야 진정 눈다운 눈이 열릴 것이다. 그때가 되어야 상대방의 의중까지 훤하게 들여다볼 수 있는 것이니 기안은 상대가 막으면 보이지 않는 것이나 영안의 상태는 막아도 넘겨다보이게 되고 서너 단계를 더 나가면 온 우주의 이치가 보이므로 속이고 당하는 것 자체가 있을 수 없다.

개심의 절차가 끝나고 나면 개안이 되는데 이것이 영안이다. 기안은 개심이 안 되어도 열릴 수 있으나 영안은 개심이 되어야 열린다. 개심은 수련으로써만이 가능한바 너도 이제 개심 초기의 조건을 갖추고 있다고 볼 수 있는 정도이다. 완전한 개심이 되

고 나면 시야가 다시 바뀔 것이니 그때는 부드럽게 수용이 될 것이
다. 개심의 전제 조건은 다음과 같다.

    욕심을 버려라.

    망상을 버려라.

    주변을 정리하라.

    정성을 생활화하라.

    수련은 시작이자 끝이다.

    항상 고마움으로 받아들여라.

    실체의 추적을 게을리 하지 말라.

    영원으로 통하는 문을 두드려라.

    실제 수련에서 능동적인 결과를 유도하라.

    감사로 마무리하라.

노력이 중요

 어찌 공부가 이리도 막막한지요?

큰 공부가 그리 만만할 것이라고 생각했더냐? 어찌 그리 쉬울 거라고 생각했더냐? 그동안 무엇을 공부한 것이 있다고 그리도 건방져지는 것이냐? 끝없이 낮추어도 더 낮추어야 할 부분이 있는 것인데 이제 제대로 시작도 안 한 처지에 무엇이 그리도 대단하다고 생각하고 있는 것이냐? 참공부를 하고 싶은 마음이 있기는 있는 것이냐?

그렇다면 어째서 수련을 이렇게밖에 못하는 것이냐? 수련의 언저리에서 곁가지 주워 먹는 재미에 그게 수련인 줄 알았더냐? 그 모든 것을 꿰뚫고 싶은 생각은 왜 못하고 있는 것이냐? 공부란 그리 쉽게 완성되는 것이 아니다. 완성까지 가려는 노력만이 완성에 이르는 길이다. 완성하려는 마음만으로는 갈 수 없는 것이다.

시작했으면 끝을 보아야지 무슨 그런 식으로서야 어찌 끝을 볼 수 있겠느냐? 어렵구나. 다시 한 번 생각도록 해라. 다시 한 번 확인해 보아라. 똑바로 하지 않았다가는 제대로 얻는 것은 하나도 없을지 모른다는 것을 명심하도록 해라. ○○침 지식이 무슨 대단한 것이라고 흘리고 다니는 것이냐? 참으로 변변치 못하구나. 100을 알고 0.15 정도만 이야기해도 많이 하는 것인 줄 알아야 한다.

이같이 심공수련은 내내 심한 꾸지람과 약간 칭찬의 연속이었다. 버리는 것이 힘든 때문이었다. 세상적인 시각으로 보면 대수롭지 않게 느껴지는 한 생각의 어긋남에도 벼락이 떨어지기 일쑤였다. 꾸지람 들은 내용은 이것으로 끝낸다.

수련자의 성에 대한 인식

 수련 중 성에 대해서는 어떻게 인식해야
하는지요? 제게는 금욕수련을 명하셨습니다만
다른 수련자들이 이것을 알기를 원합니다.

수련 중 음은 양을, 양은 음을 끊임없이 필요로 하게 되어
있다. 이것은 반드시 기적인 것이 아니라 영적인 면에서도 마찬가
지이며 해탈에 가서야 벗어날 수 있는 것이다. 따라서 영적인 면에
서도 양성은 존재하는 것이며 그 이상에서나 존재하지 않게 된다.

수련 중 부딪치는 성에 대한 욕구는 안으로 삭여 기화함
으로 수련을 진일보케 함이 필요하나 평범한 사람으로서는 또는
수련을 시작한 지 얼마 되지 않은 사람들은 겪어 넘기기가 쉽지 않

아 이 단계에서 대개 실패하게 되는바 정精을 그대로 방사하는 경우와 내적으로 승화하여 수련에 소요되는 에너지로 사용하는 것은 상당히 다르다.

정이란 한번 소모되면 다시 솟아나는 것이 아닐뿐더러 솟아난다고 해도 이미 그것은 예전의 그것이 아니고 새로운 것인바 기존의 정을 간직한 상태에서 새로운 정이 솟아나는 것과 기존의 것이 소모된 상태에서 정이 솟아나는 것은 그 근본이 다른 까닭이다.

허나 이런 방법이 모든 이에게 통용되는 것은 아닐뿐더러 누구나 가능한 것이 아니므로 수련 초기 백일 정도 금욕기간을 거침은 항상 일정한 정도의 정을 확보하여 최소한의 에너지를 간직할 수 있도록 함에 그 목적이 있는바 이것도 지키지 못하면 어렵다고 할 수 있다.

부부간에 정精을 아껴 정情이 솟지 않음도 스승들의 원하는 바는 아닐 것이나 필요 이상의 과다한 사용으로 정精을 소모함 역시 원하는 것이 아닐 것이다. 수련을 위한 적정량의 확보와 생활을 위한 적정량 사용의 조화 위에서 양립시켜 나갈 수 있는 지혜야말로 무리 없이 수련을 이끌어 나갈 수 있는 방법이 될 것이다.

서양의 무한론無限論이나 동양의 유한론有限論 모두 어느 정도의 일면 타당성을 가지고 있으나 전적으로 확신하기엔 무리를 범하고 있다. 산에서 혼자 수련한다면 물론 금욕이 수련에 좋으나 정심精深적인 면이 뒷받침되도록 극기 훈련을 해보는 것도 겪어 넘김에 많은 도움이 될 것이다. 세속에서 수련함에도 가급적 삼가는 것이 좋으나 무리하게 참아 번뇌의 시발점을 만드는 것 역시 바람직스러운 것은 아니다.

여자의 경우는 이와 다른 점이 있으니 양성 모두 항상 일정한 정도의 상대 성을 필요로 하나 소극적인 점이 있어 취하지 못하는 경우도 있으므로 적당한 선, 즉 피로를 느끼지 않는 정도에서 간직함이 가할 것이다.

헌데 제 경우는 왜 금욕으로 깨나가야 합니까?

몇 번이나 말해야 알아듣겠느냐? 빠른 방법이라 하지 않았느냐?

알겠습니다. 수련은 어디가 끝인지요?

끝이 있는 줄 알았더냐?

어디까지 가야 하는지요?

가는 데가 끝이니라.

언제쯤 깊이 들어가야 하는지요?

깊이 들어가기 전에 주변 지식을 많이 구해 놓아야 한다. 들어가면 돌아볼 새가 없으니 사전에 충분히 알아 놓도록 해라.

전에는 넘치도록 지니고 있다고 하지 않으셨습니까?

본 수련에 관한 참지식 말이다. 누가 수련 언저리에 있는 잡다한 것들을 말하였더냐? 그런 것은 모두 버려야 할 것들이니라.

하
늘
과
우
주

 마음은 누가 움직인다고 하더냐?

······.

마음은 마음이 움직이는 것이지 누가 움직이는 것이냐?

그 마음이 어디에서 온 것인지 알고 싶사옵니다.

마음은 원래 있던 것이지 어디서 오는 것이 아니다. 마음은
그 자체가 하늘이며 우주이다. 마음이 여러 개 있는 것이 아니며

모두 한 가지인바 다만 사람에 따라 표현되는 방법이 다른 것이다.

어찌해서 그렇게도 다르게 표현되는지요?

필요하기 때문이다. 마음이란 우주의 다른 표현인바 오행으로, 정사正邪로 표현됨에 그 형태가 모두 다른 것이다. 마음은 인간을, 동물을, 수목을 멈추게도 하고 흐르게도 하는바 그 형태나 움직임이 모두 달라서 제각기인 것처럼 보여도 자체는 모두 하나로서 그 범위 내에서만 기능하도록 되어 있는 것이다. 따라서 너와 내가 없고 내 것 네 것이 없음은 마음 즉 하늘의 본체인 것이니라.

마음이 하늘이라면 사악한 것들 역시 하늘의 일부인지요?

하늘에 속하지 않는 것이 없다. 선한 것도 악한 것도 모두 하늘에 속하는 것이며 선한 것이 권장되고 악한 것이 벌을 받는 것 역시 하늘의 범위 내에서 일어나는 것이다. 하늘이라고 선한 것만 있는 것이 아니며 그것을 장려하고 악을 극복할 수 있는 것도 하늘의 일인 것이다. 이 하늘은 훈으로 표현되기도 하는데 훈이 하늘보다 넓은 뜻이다.

우주는 하늘의 단계보다 넓다. 우주의 단계에 가면 선악의 구별도 무의미해지고 만다. 하늘의 단계는 선악의 구별이 분명하나 우주의 단계는 그 모든 것이 포용되는 단계이다. 벌이 내리는 것도 하늘단계에서의 일이며 하늘에서는 거의 인간의 보편적 감정대로 이루어지는 일들이 많다.

그렇기 때문에 선과 악의 판단이 있는 것이다. 하늘이 마음이고 우주도 마음이고 모두가 마음이라고 할 수 있으나 하늘은 인간의 마음과 비슷한 부분이 많고 우주란 해탈의 의미와 같다. 모두 우리 자신에게서 일어나는 일이나 선악의 구별, 애증과 갈림길에서의 흔들림은 하늘단계에서 있을 수 있는 것이고 이 단계를 넘으면 모두 사라지고 만다.

우주는 우리 모두가 지향해야 할 목표이다. 모든 깨달음조차도 하늘단계를 넘어가기 위한 사다리에 불과하다. 정말로 대개 심大開心은 하늘에서 우주로 넘어가는 단계에서 필요한 것이다. 하늘단계에 오르는 데도 많은 수련이 필요한바 내 마음을 내가 아는 단계이다. 우주의 단계에서는 내 마음 네 마음이 없다. 구별이 필요한 것은 하늘단계에서 뿐이다.

모두 털고 가는 것이 공부이자 수련이며 모두 지향해야 할 목표라고 할 수 있다. 큰일은 거저 오는 법이 없다. 크게 생각하고 크게 행동하고 크게 처리할 수 있는 모든 것이 하늘과 우주에 가까워질 수 있는 길이다. 하늘은 인간의 보편적 감정과 유사

하나 그 자체가 기준이 명확하여 자의적인 판단이 없다. 이 모든 것이 마음속에서 일어나는 것이니 어찌 마음을 쉽게 알 수 있다고 생각하느냐?

　　몸과 마음은 구별되는 것인지요?

　　구별될 것이 없다. 그게 그것이나 형체가 있고 없음에 다름이 있고, 몸이 때로는 마음을 따르지 못하는 경우가 있는 것은 마음이 강하지 못하기 때문이다. 마음이 강하면 일체라고 할 수 있으나 마음이 약하면 일체라고 하기 어렵다. 몸을 조절할 수 있어야 일체이며 조절하지 못하면 일체라고 할 수 없는 까닭이다.

물욕에 대하여

 자꾸 밖에 있는 기운에 신경 쓰지 마라. 안에 있는 기운으로 익혀야 한다.

안팎의 구별은 있는지요?

안팎의 구별은 있다. 내 것과 네 것의 구별이 어느 정도 선까지는 있는 까닭이다. 벗어난다는 것은 수련이 벗어나야 벗어나는 것이다.

가장 먼저 떠나야 할 것은 어떤 것인지요?

물物에 대해서이니라. 인간의 문제점 중 가장 우둔한 것이 영적인 존재이면서 물에 매여 있다는 점이다. 물이란 피조물이요, 인간은 제조가 가능함에도 물에 얽매여 않고 있는 것이 가장 큰 문제라고 할 수 있다. 이 물에서의 해탈을 이루고 나면 30% 이상의 진도가 나갔다고 할 수 있다.

영계에의 진입은 어느 정도 물욕이 있어도 가능하나 그 이상은 전혀 불가하다. 물욕이 있는 상태 하에서는 영계 진입도 상당히 어렵다. 물에서의 해방은 안 쓰겠다는 것이 아니라 사소한 것에서부터 벗어나야 한다는 것이다.

벗어난다 함은 마음에서 걸리지 않아야 한다는 것인데 걸리지 않음은 어떠한 일에도 심지어 도둑을 당하고도 심적인 동요가 전혀 없을 정도의 선이라면 벗어났다고 할 수 있으나 이 단계를 넘어서 주의해야 하는 것은 얻어도 기쁨이 없어야 한다는 것이다.

인
공
개
혈

 인공개혈(수련자의 혈을 남이 열어주는 것)은 어떤
의미가 있습니까?

기존 혈의 위치를 알려 주거나 기적인 자극으로 잠시 기의
소통을 향상시켜 주는 것이다.

어떤 의미가 있습니까?

별 의미가 없다.

수련에 도움은 되는 것인지요?

도움이 안 된다고 말할 수는 없으나 큰 도움은 안 될 것이다.

좋은 방향으로 이용이 가능한지요?

가능은 하나 가급적 스스로 열리도록 수련을 강화함이 좋다. 하단에 기가 강화되면 그곳에서부터 경락을 열고 경락이 열리면서 필요한 곳에서 개혈이 되어야지 경락이 열리지도 않고 움직이지도 않는데 혈부터 열어 놓으면 안 된다. 모든 것이 순서에 입각해서 처리되어야 후에 이상이 없는 것이다.

개혈에도 공인받는 절차가 있는지요?

왜 없겠느냐? 공인 절차가 있으나 근래에는 하지 않고 있는 것들이다. 우선 개혈의 필요가 없기 때문이다. 개혈을 인공적으로 할 필요가 없음이고 스스로 열리는 것에 대해서는 공인이 필요치 않다.

어떤 단계에서 개혈이 되는지요?

참개혈은 마음이 열리면서부터라고 보아야 한다. 그 이전에도 여러 가지 현상들이 나타나긴 하나 개혈보다는 혈에 대한 자극 정도로 봄이 좋다. 인공개혈 후의 자극은 그 주변의 기적인 신경 변화에 의한 것인바 충분히 활용할 기의 공급이 안 되는 상태의 인공개혈은 차라리 손을 대지 않은 것만 못하다. 혈은 안에서 밖으로 열려야지 밖에서 안으로 여는 것이 아닌 까닭이다.

모두 안에서 밖으로 열어야 하는지요?

99%가 그렇고 밖에서 안으로 열어도 되는 것은 명문 등 몇 개뿐이나 그것도 완전히 여는 것이 아니고 개혈에 조력하는 선이다.

어째서 명문이 그런지요?

축기의 요혈이기 때문이다. 축기가 이 수련의 가장 근본을 이루고 있는 까닭에 명문이 그런 것이며, 그 외에도 전부 하단 부분에 있는 혈들이 그렇다고 보면 된다.

상단은 어떤지요?

모두 저절로 터져야 하는 것뿐이다.

영계에 진입

 선계란 어떤 곳인지요?

너희들이 선계라고 하는 곳에는 영계, 법계, 우주계, ○○계가 있는바 법계를 하늘이라고 한다. 영계는 법계의 지시를 받아 움직이고 있으며 법계는 우주계의 지시를 받는다. 법계에서 일어나는 일은 인간의 상상을 초월하는 경우도 있으나 대체로 인간의 상상의 범위에 한정된다.

영계는 경우에 따라서는 인간 이하의 경우도 볼 수 있는 것이 있으며 만족할 만한 결과를 얻기엔 무리이나 그 단계를 빠르든 늦든 거쳐야 다음 단계 진입이 가능하므로 가능한 한 속히 통과함이 좋다.

법계는 부처의 자리이다. 누구라고 정해진 것이 아니라 부처이면 누구나 올 수 있는 곳이며 이 상태에서 우주계 진입의 준비가 필요하다. 영계의 상층부에 법계로 통하는 문이 있는데 이 문을 지나면 법계로 가게 된다. 법계에까지 가면 이 수련의 중간 단계를 넘었다고 볼 수 있다.

수련 도중 선계의 선생님들께서 우측 옆으로 비켜서시고 나의 스승님께서 가운데로 나오시더니 서서히 회전이 시작된다. 내 몸이 쪼개진다. 알맹이는 계속 그 상태로 존재 후에 강해져서 선생님들께서 만드신 칼날로도 어쩔 수 없을 정도가 되었을 때 얇은 CD모양이 되어 앞에 있는 문을 통과한다. 주변이 달라졌다. 스승님께 인사하다.

수고했다.

인체의 완전한 건강은 어떻게 찾아야 되는지요?

건강 자체가 불완전한 것이며 너무 거기에 얽매이지 않으면 돌아올 수 있을 것이니라. 깨달음의 길, 해탈의 길, 번뇌를 여의는 길로 가기 위한 건강이라면 가치가 있으되 그 자체만의 건강은 의미가 없다고 할 수 있다. 모든 것은 깨달음에 대한 수단적 가치를 지닌다.

초기 유인책으로 건강이 사용되겠으나 어느 정도의 수련 후 수단적 가치로 전환되고부터 수련이 달라질 것이다. 체력이란 수련에 필요한 만큼만 있으면 되는 것이지 더 거두어 무엇에 쓰려 하느냐? 늘려야 하는 것이 아니라 일부러 줄여야 하는 것이 수련자의 체력이니라.

수련이 진전될수록 성性, 명命, 정精의 비율은 어때야 되는지요?

일전에 네가 본 것이 맞다.

수련 중 性, 命, 精의 비율

구분	1단계	2단계	3단계	안정기	완성	신체이탈
性	10	20	40	47.5	49.5	50
命	10	20	40	47.5	49.5	50
精	80	60	20	5	1	0.5이내
	하근기	중근기	중상근기	상근기		
	기초과정	중급	중상급	상급	완전탈피	우화

대영계가 있는지요?

있다. 대영계는 우주단계의 전에, 법계 밑에 있느니라. 크게 신경 쓸 것 없다.

이
혼
에

대
하
여

 이혼에 대해 여쭈어도 될는지요?

(갸우뚱) 물어 보거라. 무엇이 알고 싶으냐?

어떤 경우에 가능한지요?

절대 불가하다. 허나 인간계의 모든 것은 공부의 연속이
므로 꼭 그렇게 해야만이 수련이 된다고 한다면 가능하다. 이혼이
란 원래 없어도 되는 것이었으나 스스로 만든 것이며 결혼이란 상
계上界에서도 필요한 것이다. 상계의 결혼은 본인들의 뜻에 의해
이루어지며 그것이 한번 이루어지고 나면 다시 수정해야 할 필요

가 없다. 그 자체가 완벽한 까닭이다.

　　지상의 인류들은 상대방의 모든 것을 100% 파악하지 못하고 결혼을 하므로 차후 기대하지 않은 상황 발생은 모두 자신의 책임이 아니라고 생각하고 있으나 어찌 그것이 자신의 책임이 아니라고 할 수 있겠느냐?

　　모든 것은 그 사람의 탓인 것이다. 책임 회피적인 시각에서 벗어나 모든 것이 내 잘못이고 내가 못나 이런 일이 벌어졌다고 생각한다면 해답이 나올 것이다. 그 단계를 넘어서도 꼭 해야겠다면 방법은 있다.

　　어떤 방법이 있는지요?
　　그것은 그때 가서 논하면 된다.

　　일전의 머리 위의 먹구름은 무엇인지요?
　　영계 진입 직전의 현상이다.

어찌해야 하는지요?

신경 쓸 것 없다. 커튼의 역할이지 사기가 아니기 때문이다.

최후에 버리는 것은
나 자신

 큰 수련이란 어떤 것인지요?

작은 것에서도 벗어나지 못했으면서 어찌 큰

것을 찾는 것이냐?

……·.

작은 것에서 먼저 벗어난 후에 큰 것을 찾는 것이니 작은

것부터 처리되도록 해라. 작은 것을 처리할 때는 우선 마음가짐에

서 털어야겠다는 생각이 들어야 하는 것이며, 털어야겠다는 생각

이 든 후에 미련을 버려야 하는 것이며, 미련을 버린 후에는 정말

로 버려야 하는 것이다.

버린 후에는 다시 뒤돌아봄이 없어야 하며 뒤돌아본다면 버린 것이 아닌 것이다. 버린 것이 아닌 것은 버렸다고 할 수 없는 것이며 버린들 다시 돌아오면 버릴 필요가 없었던 것이니 애당초 버릴 각오로 임하고 덤비지 않는 한 시작을 안 함이 낫다.

처리 순서에 다소 혼동이 오더라도 매사는 분명히 처리돼야 하는 것이니 어찌 다시 돌아봄이 허용되리라 기대하고 있는 것이냐? 버리는 연습은 가장 큰 아픔일 수도 있다. 얻기보다 백배 천배 힘든 것이 버리는 것인즉 버림에 미련이 없도록 해라.

가장 최후에 버리는 것은 나 자신이어야 한다. 자신을 버릴 때쯤 모든 것이 다시 열릴 것이다. 모든 것이 열리는 것은 모두 버린 후이다.

통한다는 것은 열리는 것인데 열리고 나면 모두 훤하게 보일 것이다. 매사 서두름 없이 차분히 진행하여 실수가 없도록 하고 옥석玉石을 구분함에 실책이 없도록 해라. 매일매일 공부에 소홀함이 없도록 해라.

업이란 무엇인지요?

이 자리에 흘러오게 된 모든 것을 말한다. 잘한 것도 잘못한 것도 모두 포함되며 흔히 알고 있듯이 잘못한 것만이 아니다. 오히려 잘한 것이 더 많다. 잘한 것이 더 많기에 인간이 되고 인간이 되어 전의 잘못한 것을 씻어낸다고 생각해야 한다.

현재는 과거의 결과이고 미래는 현재의 결과이다. 현실을 냉정히 파악하고 분석해서 받아들이되 업이 많다고 해서 비관하지 말 것을 요한다. 오히려 크게 깰 수 있는 요인이 되니라.

수련 시 멀리 해야 하는 것들은 어떤 것인지요?

술, 담배, 색, 잡기 등등 정신을 혼란스럽게 하는 모든 것들이다. 그 자체의 나쁨보다 수련에 방해가 되므로 멀리 하라는 것이다. 수련에 긍정적으로 영향을 끼치는 경우는 오히려 권장해야 할 것들이라고 말할 수 있다.

결국 아무것에도 구애받지 않음으로써 어느 것에도 걸리지 않는 것이 필요하다. 술이나 담배나 색 모두 장애물인 것은 틀림없으나 그것은 정말로 별것이 아님을 알게 될 것이다. 그 정도는 수련에서 장애라고 할 수도 없는 것들이니 그렇게 생각하고 임해라.

어떤 것들이 정말 장애입니까?

본다든지, 어떤 것을 한다든지 하는 것들이 정말로 장애물이니라. 수련의 진수는 아무것도 안 하는 것이다.

아무것도 안 하면 수련은 어찌 되는 것이지요?

아무것도 안 하는 것이 계속 되어 가면 후에는 그 자체가 일이 되고 그 안 함의 계속은 참공부의 길임을 알게 될 것이다.

참공부에 들 수 있는 인연은 얼마나 되는지요?

흔치 않다. 주변에 몇몇이 인연이 될 것 같다.

갈수록 오리무중인 것 같습니다.

원래 이 공부가 그런 것이다. 그런 가운데 뚫고 나가므로 공부가 어렵다고 하며 이 과정을 거쳐 나간 사람들이 훌륭한 이유가 되는 것이다. 바로 가고 있으니 걱정하지 마라.

타인의 심성을 흔들어 놓은 것이 업이 되는 이유는 무엇인지요?

내 영향으로 타인의 갈 길을 어긋나게 하기 때문이다. 우주의 스케줄에서 빗나가게 하는 것이므로 업이 되는 것이다. 그 책임 역시 본인이 지게 되는 것이다.

여자의 하단과 중단

 여자에게 있어 하단과 중단의 역할은 어떤지요?

하단이 축기의 보고인 것만은 틀림없다. 그 자체가 그릇이자 그릇 외의 기능도 가지고 있으니 그 이상 어떤 것을 바라는 것은 무리이다. 하단의 기능은 온 우주와의 교감이 이루어질 수 있는 것이 그 하나이며 이를 통하여 타 장소로 전파할 수 있다는 것이 그 둘이다.

그 외에도 하단이 할 수 있고 하고 있는 기능은 한두 가지가 아니다. 천지간에 만물의 생성 소멸, 그 와중에서 일어나는 모든 것이 하단을 중심으로 일어나는 것은 하단이 곧 우주인 까닭이다.

여자와 남자에게 있어 다른 점은 별로 없다. 남자도 하단에서 키우고 여자도 하단에서 키우니 모두 같은 것이나 다만 여자는 스스로 키우지 못하니 도움이 필요한 까닭이다. 여자로 태어나 도의 완성에 미치기가 쉽지 않은 것은 이런 이유이며 충실한 스승이나 도반이 필요한 이유도 이런 까닭이다.

남자는 혼자 공부가 가능하나 여자는 혼자 공부가 불가하다. 혼자 해봐야 어느 정도의 선에서 다시 기적인 도움이 필요하게 된다. 양기는 음기를 생성할 수 있으나 음기는 양기를 생성할 수 없기 때문이다.

공부란 단순한 것이 아니고 큰 뜻으로 우주(ㅎ)에 가까이 가는 것이며 의지만 가지고 되는 것도 아니요, 기술만 가지고 가는 것도 아니니 그 모든 것의 조화 속에서 함께 이루어지는 까닭이다.

여자의 중단은 남자의 하단과 다르며 남자의 중단과도 다르다. 여자의 중단은 모든 생각과 수련 기술의 보고로서 이곳을 단련하면 머리가 맑아지고 기억력이 증가됨을 볼 수 있으나 하단이 부실한 상태에서 벗어버리지 못한 많은 것을 지닌 채 중단수련을 함은 별 효과가 없을 것이다.

차가움은 수련에 방해가 되는지요?

사람에게는 원래 냉체가 있고 온체가 있는바 수련에는 냉체가 적합한 것이니라. 온체는 잡념이 많아 수련에 가까이 가기가 힘들 것이니 수련을 하고자 하면 냉체로 가야 한다.

냉체로 만들 수도 있는 것인지요?

그렇다. 집중을 많이 할수록 냉체에 가까워지는 것이니라.

사랑은 어떤지요?

무슨 사랑 말이냐? 그건 하늘단계에서나 필요한 것이다. 우주수련에 그런 감정은 필요 없는 것이니 괘념치 않도록 해라.

우주수련은 여러 사람에게는 시킬 수 없는 것인지요?

여러 명은 수련이 어려울 것이다. 워낙 먼 길이므로 중도에 탈락자가 많이 생기는바 중도에서 탈락하면 따라오기가 힘드니 별로 시원치 않은 말로 수련 탈락에 대해 변명을 할 것이다. 그릇이 되지 않으면 아예 숨으로 끝내고 우주수련은 않는 것이 좋다.

다 같이 호흡으로 깰 수는 없는지요?

집중의 강도가 다르므로 불가하다. 원래가 얕은 집중은 멀리 가는 것이 아니니라. 모두 용도가 있으니 전부 수련을 할 수는 없는 것이니라.

우주의 사랑

 인간에게 사랑이 정말 필요 없는 것인지요?

필요하다.

헌데 왜 전에 사랑이 필요 없다 하시었습니까?

네가 말하는 사랑은 사랑이 아니다. 인간적인 사랑이 필요 없다 하였느니라.

그러면 다른 사랑도 있사옵니까?

있다. 우주의 사랑이 있다. 우주의 사랑은 그 자체가 어떤 맛이나 향이 있는 것이 아니며 존재하는 것만으로 만물에 희망을 주는 것이다. 사랑은 꼭 이성 간의 형태로 나타나는 것은 아니며 식물에 대해서는 비로, 동물에 대해서는 먹이와 날씨로, 인간에 대해서는 정情으로 나타난다. 그 정 중에서 남녀 간의 사랑은 불과 10%에도 미치지 못하므로 사랑의 전부인 것처럼 정의되기도 하는 성sex은 전체 사랑의 작은 부분을 포함한다.

사랑의 향기가 멀리 가는 것은 인간적인 것을 우주적인 것으로 승화시켰을 때이다. 우주적인 것으로의 승화는 조건이 없을 때 이루어진다. 조건은 각종 악취의 원인이며 불행의 근원이기도 하고 인간을 망가뜨리는 것 중의 하나이다. 이 조건으로 인하여 상대에 대한 불신과 원망과 미움이 싹트게 되는 것은 인간이 아직 불완전한 존재이기 때문이다.

조건에서 벗어나는 길은 놓아버리는 것이다. 조건은 욕심의 다른 표현이며 아직도 무엇인가 움켜쥐고 있음을 나타내며 그것이 도道에 관한 사항이 아님을 뜻하기도 한다. 인간이 사랑을 할 수 있도록 창조된 것은 그 사랑을 정신적으로 승화시켜 우주의 사랑에 동일한 상태로 갈 수 있도록 하기 위함이었다. 그러나 인간은 이 사랑으로 포장된 마魔의 수중에서 의미 파악도 못한 채 지배되어 온 경우가 허다해 왔다.

　　사랑은 우주의 한가운데를 이루고 있는 심心의 중핵으로서 거기에서 모든 따뜻함이 배어 나온다. 포근하고 따뜻하며 은근한 기운으로서 인간의 사랑 중 우주의 사랑을 가장 많이 닮은 것은 어머니의 사랑이다. 그러나 본능적인 모성母性이 아니라 올바로 살아야 한다는 엄격한 도덕성이 포함된 것이어야 한다.

　　도덕이란 벗어 던져야 할 낡은 옷이 아니라 불완전한 인간이 완전으로 이르는 동안 자신의 마음을 통제해 주는 수단이다. 도덕은 인간에게 상하, 좌우, 전후를 구별케 하며 도리와 자신의 위치를 파악케 하고 그로 인해 정위치하여 정사正思, 정각正覺, 정행正行에 이르게 하는 방법이다.

단전호흡의 과정은 어찌 되는지요?

첫째,   잡념 제거

둘째,   하단 축기

셋째,   중단 축기

넷째,   하단 완성

다섯째, 중단 완성

여섯째, 이 모든 것의 기로 상단을 완성시키는 것이다.

중단이 열리는 증상은 따끔따끔하거나 후끈후끈하게 되는 것이며 그 단계를 넘기면 포근하고 편안하게 되는 것이다. 각 수련법은 단계별로 전수해야 한다.

하단 축기는 기운의 결집이나 중단 축기는 방향의 결정이며 하단 완성은 기의 출입이 자연스레 이루어질 수 있는 상태이고 중단 완성은 기가 뻗고 멈춤이 자유로운 상태이다. 이 모든 것이 되고 나면 그 다음 단계인 영적인 능력 개발의 준비가 끝난 것인데 이후의 수련은 반드시 개별적으로 전수해야 한다.

남자는 하단에서 축기하여 하단으로 방향을 정하여 벗어나는 것이며 기운은 모든 것이 하단 위주이나 기술적인 면에서는 상단에 의존케 되는 것이니 남자는 하단, 상단, 중단의 순서가 되나 여자는 하단, 중단, 상단의 순서가 되는 것이다.

이런 순서의 차이는 일견 다른 것 같으나 생리적으로 여자는 가슴으로 느끼고 남자는 머리로 느끼는 등 근본적인 차이를 가지고 있으므로 기존의 인간계의 상식으로 미루어 알 수 있을 것이다. 성급함은 금물이되 지체함은 더욱 좋지 않은 것이니 공부에 노력할 수 있을 때 노력하도록 해라.

어디서부터가 본 수련이지요?

하단 완성부터가 본 수련이니라.

수련 전 준비 단계에 관해 여쭙고자 합니다.

수련에 들기 전에 완전히 씻어야 하는 것이니 씻어내는 것 즉 정리하는 것까지는 전적으로 수련은 아니고 준비 단계일 뿐이다. 준비를 철저히 할수록 수련에 들어 속히 갈 수 있는 것이지 준비를 대충하고 갈 수 있는 것은 아니다.

속인들이 보기엔 수련에 들어 그 세계를 보지 못하므로 준비 단계만으로도 수련으로 인식하고 있으나 어찌 대자유를 찾아가는 길이 그렇게 단순할 수 있겠느냐? 또 가벼이 생각하고 들어서 어찌 그곳에 도착할 수 있겠느냐? 준비 단계를 확실히 하는 데만도 몇 년은 족히 걸리는 것이며 본 수련에 들면 외부인들은 그 세계를 짐작할 수 없게 되어 수련 중인지 아닌지 모르게 되어 버리는 것이다. 모든 것이 그렇게 간단한 것이 아니고 쉬운 것이 아니며 거저 오는 것이 없다. 준비 단계에서 몸에 묻은 티끌을 정결히 털어낼 수 있어야 한다.

과정은 어찌 되는지요?

예비입학, 입학, 참수련, 수없는 난관, 종료니라. 개심이 되고 나야 참수련에 들 수 있느니라.

축기는
수련의 시작이자 끝

 축기는 모든 수련의 기본이다. 가급적 체내에 있는 기운을 단전으로 모으는 것이 좋으나 체내에 기운이 부족한 경우가 있으므로 밖에 있는 기운을 끌어다 쓰게 된다. 밖에 있는 기운을 끌어올 때는 가급적 주변에 사람이 없는 것이 좋으나 사람이 있을 때는 벽을 만들고 하늘의 기운을 받는 것이 좋다.

하늘보다 우주의 기운이 좋으나 본인의 수준이나 기의 강도가 약할 때는 우주의 기운이 내려오지 않으므로 하늘의 기운을 받는 것이 좋다. 하늘의 기운으로 축기를 하면 지기는 필요한 만큼만 보충이 되니 지기는 의식적으로 당기지 않는 것이 좋다.

천기는 아직은 맑고 고운 것들이나 천기 중에서 미색이나 백색을 단전에 많이 끌어들이는 것이 좋다. 이 미색이나 백색이 많이 모여 저절로 붉은 기운으로 바뀌며 체내에 쌓이다 후에 운기가 되는 것이 바람직하며 운기는 저절로 움직일 때까지 의식으로 밀지 않는 것이 좋다.

의식으로 돌리면 고이지 않은 물을 억지로 퍼내는 것과 같아 단전이 부실해질 우려가 있다. 단전은 상중하 단전으로 구별함은 불필요하며 모두 연결된 하나로 보면 된다. 윗저수지에 물이 고이면 저절로 내리 흐르게 되어 모두 연결되는 것이니 모두 하나이지 셋이 아닌 까닭이다.

축기는 항상 부족함이 없도록 함이 좋으며 기운이 없을 때는 수련 이외에는 하지 않음이 좋다. 이 축기 과정이 진행되면서 점차 기운이 장해지고 신이 밝아지는 것 역시 구별되는 단계가 아니고 하나의 연장선상에 있는 것이라고 보면 된다.

축기된 기운으로 인간 세상에서 할 수 있는 일은 따로 있으며 아무 곳에서나 써보려고 하는 것은 스승의 뜻이 아니니 기운은 가급적 수련 시에나 사용토록 해라. 기운이 모이며 생기는 여러 가지 현상은 가급적 신경 쓰지 않음이 좋으며 그냥 스쳐 지나도 기억을 해두는 것은 차후 도움이 될 것이다.

축기는 원래 끝이 없는 것이며 수련이 있는 한 계속되어

나가는 것이다. 수련 진도가 나감에 따라 순간적으로 많은 양의 기운이 모일 수 있으나 그것 역시 수련을 위해서만 사용되어야 한다. 축기는 수련의 시작이자 끝인 것이다.

자
세

 자세는 어때야 하는지요?

자세는 쌍반슬이나 단반슬이나 눕거나 서거나 관계없다. 다만 단전에 의식을 집중할 수 있는 자세라면 관계없다. 모든 것은 의식을 집중하기 위해서만이 필요한 것임을 명심해야 한다. 너무 어떤 유형의 자세를 고집하여 기운이 흐트러지는 일이 생김은 참으로 바람직스럽지 못한 것이니 주의해야 할 일 중의 하나이다.

초보자는 눕는 것이 좋으며 그 후엔 앉는 것이 좋고 그 후엔 서는 것이 좋으며 그 후엔 자세에서 벗어나게 된다. 다만 벗어나기 위한 준비는 어디에서나 가능하다.

어깨는 펴고 입은 다물고 혀는 입천장에 붙여도 되고 안 붙여도 되나 붙이는 게 좋으면 붙여라. 눈은 떠도 되고 반개나 감는 것도 가하나 자신의 마음을 잡을 수 있는 것으로 하고 손은 맞잡아 무릎이나 단전 앞에 놓는다.

수련 단계가 중급 이상에 달한 경우는 앉는 것이 좋다. 호흡은 고르되 가볍고도 길고 부드럽게 하고 의식이 멀어지지 않도록 주의한다. 호흡과 의식을 묶는 것이 중요하다. 호흡과 의식의 리듬이 함께 갈 수 있도록 할 것을 요한다. 의식이 호흡에 함께 실려야 한다.

의자에 앉았을 때는 발바닥은 앞뒤 모두 바닥에 가볍게 닿도록 한다. 누워서는 가급적 온몸이 고루 닿도록 하는데 약간 딱딱한 곳이 좋다. 맨바닥에 담요 한 장 정도가 좋으며 이불을 깐 상태는 부적합하다.

베개는 베지 않는 것이 좋고 가벼이 머리를 눕히고 시작한다. 정히 불편하면 얇은 책을 한 권 정도 베도록 하고 손은 가볍게 단전에 올려놓되 깍지를 끼지 않고 그냥 가볍게 겹쳐 놓는다. 다리는 어깨만큼 벌리고 가장 편해서 몸의 어느 부분에도 힘이 들어가지 않도록 한다. 의식만 단전에 주면 가하다. 타인에게 기초 호흡법을 가르쳐줌에 인색하지 말라.

호흡

 호흡은 필요하다. 우주로 가는 가장 빠른 길
이 호흡이다. 호흡이 끊기기 전에 우주로 나
가야 하며 우주로 나간 후에는 호흡은 있으나 없으나 동일하다. 지
상에서 존재하는 한 들숨이나 날숨이 모두 중요하나 들숨을 잘 가
려서 하면 날숨에서 내보낼 것이 없으므로 항상 들이쉴 때마다 우
주를 들이쉰다고 생각하면 가장 효과적인 호흡이 될 것이다.

　　깨는 호흡은 우주를 들이쉴 때만 가능한 것이며 그냥 단전
에 의식을 주고 들이쉰다고 해서 되는 것이 아니다. 단전호흡으로
빗나가는 경우는 기의 구별이 없이 호흡을 하기 때문임을 알아야
하며 우주호흡을 함으로써 깨나갈 수 있는 것이다.

우주호흡은 반드시 길게 천천히 함을 요하며 호흡이 길수록 우주의 기운이 들어오게 되고 우주의 기운이 연결되면 더욱 길게 하여 끊어지지 않도록 해야 한다. 기운이 끊어지지 않음은 상당히 중요하다. 기운이 끊어지지 않는 시간이 길면 길수록 깨어 있는 시간이 길어지며 깨어 있는 시간이 계속 이어질 수 있으면 그것이 영원히 지속될 수 있도록 노력해야 한다.

속俗에서 긴 호흡을 익힘은 시간을 요할 것이나 30분이나 한 시간짜리 호흡이 가능하도록 노력함은 좋다. 과다한 에너지의 소모가 없도록 하는 상태에서 우주의 기운을 불러들이면 저절로 호흡이 길어지게 되어 있는 것이니 그런 상태로 가는 것이 좋다. 결국 우주의 기운에 연결이 되면 호흡을 떠나 우주에 떠 있는 상태가 되며 그때 과정이 바뀌게 된다.

호흡의 길이와 명命의 길이는 관계가 있는지요?

관계가 있다. 호흡은 명이고 명은 호흡이니 모두 같은 것에 근거를 두고 있는 까닭이다. 호흡이 길면 명이 길어지는 것은 당연하나 그 외의 원인으로 짧아지는 것은 별개의 문제이다. 호흡이 길면 명도 길어진다. 호흡으로 길어지는 명은 자연스런 것이다. 호흡으로 마음이 바뀌면 몸이 바뀌고, 몸이 바뀌면 마음이 바뀌는 이치이다.

집
중

 수련 중 생각은 어찌해야 하는지요?

생각은 자유로워야 한다. 생각이 어디에 얽매임은 부자연스런 곳이 있으므로 수련이 자연스럽지가 않다. 의식을 단전에 두는 것은 집중하기 위함이니 집중이라는 것도 자연스럽게 집중이 되어야지 억지로 집중하는 것은 바람직스러운 것이 아니다.

집중의 시점에서 가장 주의해야 할 사항은 자연스럽게 집중이 되어야 한다는 것이다. 자연스러움이 집중으로 연결될 때 막강한 파워가 생기는 것이다. 각종 초능력은 이 상태에서 나오게 된다.

많은 잡념에 시달리게 되는 것은 그만큼 그가 걸어온 길에 업이 많은 것으로서 그 모든 잡념이 씻겨 내려가야 자연스레 집중이 될 수 있을 것이다. 잡념은 집중을 방해하는 것으로서 이것에서 탈피하는 것도 자연스럽게 이루어져야 한다.

순간 억지를 부려 볼 수는 있으나 그것은 한두 번으로 그쳐야 하며 그런 억지가 길지 않을 때 참으로 수련에 들 수 있을 것이다. 자연스럽게 집중을 하기 위해서는 모든 생각을 놓고 무념으로 들어 무념 상태에서 생각이 단전으로 흘러들어 기가 온몸에 퍼지고 퍼진 상태에서 탈피를 하여 나가야 하는 것이다.

탈피라 함은 생각의 중심이 육에서 신으로 벗어나는 것이니 서두른다고 되는 것도 아니요, 오직 수련으로 깨고 나가야 하는 것이다. 항상 잊지 말고 생각이 자연스럽게 흐르도록 유도하되 방향은 잡념이 엷어지고 무념 상태에 들 수 있도록 함이 좋다.

감정의 처리는 어찌해야 하는지요?

가는 대로 두어라. 가다가 보면 돌아서게 되니 모든 것이 스스로 자연스럽게 이루어져야 하느니라. 가다가 돌아올 때 멈추어야지 가는 것을 막는 것은 수련에 긍정적이지는 않을 것이다.

우선 바로 앉아야 한다. 바로 앉는다 함은 척추를 곧게 펴고 앉는 것으로서 이렇게 앉는 것만으로 30%는 수련 상태이다. 바로 앉은 후 생각을 단전에 집중하고 그 상태에서 서서히 호흡을 시작하되 기존의 방법대로 가늘고 긴 호흡을 하면 된다.

가급적 너무 혼란스러운 곳에서는 수련을 않는 것이 좋으며 어느 정도는 마음이 안정될 수 있는 곳에서 수련을 해야 한다. 단전으로 잡념을 쓸어 넣는 것은 좋으나 그것도 처음 어느 정도에서 할 짓이지 계속해서 할 일은 아니다. 나중에는 단전이 맑은 것으로 채워지는 까닭이다. 너무 혼잡스러운 곳에서는 수련을 않는 것이 좋다.

단전을 생각해라. 단전을 계속 생각하는 것만으로 마음의 흔들림을 벗을 수 있을 것이다.

단전이 눈앞에 있다고 생각하고 출발해서 도착 시까지 그

것에만 집중토록 해라. 단전을 눈앞으로 올리는 것은 상당한 정도
에 도달한 후에 사용하는 것이니 그렇지 않은 상태에서 사용하다
가는 단전을 잃어버리는 일이 생길 수도 있다. 단전은 절대로 뽑아
올리는 것이 아니고 제자리에서 사용해야 하나 운전 시에만 눈앞
으로 올리도록 해라. 방편이기는 하나 훨씬 피로가 덜할 것이다.

채
기
에
대
하
여

 채기採氣에 대해서는 어떤지요?

어떤 채기 말이냐?

지역에 따라 기를 모으는 것입니다.

불필요하다. 지기수련 시는 돌아다닐 필요가 있으나 이제 우주기의 수련이므로 불필요하다. 최초 수련 시는 지기만으로 차고 나가므로 채기가 필요하나 이제는 필요 없는 단계이다. 초기 수련자들의 경우는 채기가 필수라고 보아야 한다.

채기 시 장소의 영향은 어떤지요?

좋은 장소에서 기를 받으면 좋은 기가 들어오게 되어 있다. 생각은 우주를 향하되 지구의 맑은 곳에서 우주를 향하면 그곳에서 더 많은 기운을 받을 수 있다. 지구에는 우주와 연결되는 곳이 몇 군데 있는데 그런 곳을 명당이라고도 한다.

이런 곳의 기운은 지구에서도 필요하지만 우주와의 교신에도 필요한 것이니 그런 곳에서 수련을 한다면 우주기를 많이 받을 수 있다. 이렇게 해서 많이 받은 우주의 기는 절대로 수련 이외의 곳에 사용함이 없어야 한다.

수련 이외에 사용할 때는 지구의 기를 채기하여 사용함에 그쳐야 한다. 지기의 조건은 손상이 덜 될수록 우주에 가깝다고 보아야 하며 손상이 덜된 중에서도 우주기와 송수신이 되는 자리를 고르면 한층 도움이 될 수 있을 것이다.

어떻게 골라야 하는지요?

지구에서 장소 선정 시는 우선 높아야 한다. 이 높다 함은 기적인 상태의 파워가 높아야 한다는 것이다. 둘째는 넓어야 한다. 이 넓다는 것은 영향을 받을 수 있는 사람의 숫자가 많아야 한다는 것이다. 다음은 집중이 가능한 곳이어야 한다는 것이다.

집중은 별을 보며 하는 방법이 있으나 그것으로는 갈 수 있는 곳이 한정되어 있으므로 의념으로 우주를 생각하고 그곳의 기운에 빠질 수 있도록 생각을 강화해라. 생각으로 끌어올리고 나면 집중 상태의 지속이 오래 갈 것이니 그렇게 생각하고 행하면 도움이 될 것이다.

높고 넓음은 어떻게 구별되는 것인지요?

어느 곳에서 기운이 확 솟구치는 것을 발견할 수 있을 것인데 그곳에서 수련하기 위해서는 상당한 축기가 되어야 한다. 허나 어느 산에 가든 30% 이상 그 산의 기로 채우지 말 것을 요한다. 산의 기에 중독됨은 바람직스럽지 않다. 천기, 우주기에 익숙해지도록 유도해라.

영과 혼이 체내에 들어가는 시기

 영과 혼이 들어가는 시기는 언제인지요?

영과 혼은 분리되어 있는 것이 아니다. 하는 일은 다르되 움직이는 것은 동시에 이루어진다. 태아에게는 예비적인 루트만 조성되어 있을 뿐 체외로 나오는 순간에 들어간다. 체내에 있을 때는 배정만 되어 있으므로 실제로 들어간 상태가 아니므로 확정적인 것은 아니다. 시각별로 각자의 인연에 따라 예비서열 명부가 정해져 있으며 한번 차질이 생기면 뒤로 밀리는 것이 아니라 그 영혼만 뒤로 돌려져 동시각대의 인연을 기다리게 된다.

초음파 등으로 체내의 성별 여부를 확인함은 어찌 되는지요?

죄이다. 그걸 가려서 사전에 어떤 조치를 취한다면 그 자체가 하늘의 스케줄을 어긋나게 하는 것으로 큰 업이 되는 것이나 아직 영혼이 들어가기 전의 상태이므로 체외로 배출된 후 제거하는 것에 비해서는 적은 형벌로 그치게 된다. 심한 경우는 그것만으로도 짐승으로 태어남을 벗어날 수 없다. 금생의 작은 욕심으로 내생을 망치는 일이 없도록 해야 한다.

생명의 시기는 어떻게 보아야 하는지요?

체외로 배출된 때로 보아야 한다. 체내에 있는 기간은 생명의 준비 기간으로서 사실상 생명이 아닌 것은 아니되 확정된 생명과는 영계에서도 취급이 다르다. 영혼은 독자적인 활동이나 의사표시가 가능할 때 들어가는 것이므로 그 이전은 모체에 종속적인 의미만 있을 뿐이다.

감사합니다.

더 이상 의문은 없느냐?

영과 혼은 어떻게 다른지요?

영은 하늘의 일을 처리한다. 혼은 지상의 일을 처리하게 된다. 영과 혼은 기로 말하면 플러스(+)와 마이너스(-)의 상태라고 보면 된다. 분리될 수 있으나 분리되면 독자적인 능력이 사라지므로 반드시 함께 있어야 한다.

영계에서도 마찬가지인지요?

영계에서는 반드시 그렇지 않으나 지상에서는 반드시 그렇다.

수련으로 분리가 가능한지요?

가능할 수는 있으나 하지 않는 것이 좋고 할 필요도 없다. 하지 않아도 지장이 없는데 무엇 하러 그런 연습을 하겠느냐? 쓸데없는 짓이다. 행여 하지 말아라.

영과 혼

 영과 혼은 어디에서 오는 것인지요?

영은 하늘에서 오고 혼은 지상에서 연결되는 것이다. 영은 하늘에서 지정되며 혼은 지상에서 맞는 것이 연결되는바 이 둘이 모여 한 사람의 평생을 지배하게 된다. 이 영혼을 총괄하는 부분이 성性인바 이 성은 영혼이 존재할 수 있는 바탕이 되는 것이니 이 바탕이 부실하면 언제고 쌓아올린 모든 것들이 헛되이 될 수밖에 없는 것이니라. 부나 권력, 명예는 모두 이 헛된 것 중의 하나로서 영의 꾐에 이끌려 빗나갈 우려가 높은 것 중의 하나이니 이런 것들이 함께 하더라도 항상 성을 함께 하지 않는다면 위태로운 경지를 맞이함은 순간이라고 할 수 있다.

성은 본성을 말함이니 이것은 찾고자 하는 마음이 없으면 찾아지지 않는 것들이다. 본성이 원래 깨끗하여 영의 잔재가 쌓이지 않는다면 모르되 본성이 지저분하여 영의 잔재가 쌓이기 쉬운 경우라면 벗어나기가 어려울 수 있다.

이 영의 잔재를 씻어내는 방법은 수련밖에 없으나 영의 잔재를 씻어 낼 만큼의 수련 가능성은 앉을 자리라도 있는 것이 인연이 될 것이다. 앉을 자리도 없는 상태에서는 수련 자리가 생길 수가 없고 수련 자리가 생겨봤자 얕은 관심으로 그칠 것이니 선생이 와도 앉을 자리가 없느니라.

이 경우가 가장 수련이 어렵다. 선생이 와도 앉을 자리에 따라 오게 되며 그 자리가 맑고 넓을수록 큰 선생이 오게 되어 있다. 본성의 바닥이 모두 닦이면 우주를 받을 수 있다. 우주를 받는 순간부터 진정 큰 공부가 시작될 것이다. 부지런히 닦도록 해라. 인간이 하늘단계를 거쳐 우주로 가는 과정은 다음과 같다.

無, 空 우주 해탈 후 자신의 모습까지도 벗어던진 상태.

　　　　　감정, 정사正邪, 기타 구별이 없다.

　　　　하늘 우주 전 단계.

　　　　　땅의 반대.

　　　　　영의 대기처.

　　　　인간 천지의 중간에 위치. 영天과 혼地이 모여 하나의

　　　　　일체를 이룸.(사랑으로 태어남)

　　　　　사랑 = 영＋혼＋기(몸)

땅 우주의 일부를 의미.

하늘의 반대를 의미.

실제로 하늘(+)에 대해 (−)의 역할을 하고 있다.

혼의 안식처.(대기처)

오늘은 인간이 하늘단계를 거쳐 우주로 가는 과정을 설명하겠다. 인간단계에서는 판단에 수없는 오류가 있다. 하늘단계에 가면 판단이 정확해지고 오류가 없게 된다. 이 상태에서 서서히 본성의 자질이 바뀐다. 하늘단계는 초, 중, 말기로 구분된다.

초기는 욕심이 60% 이상

중기는 욕심이 30% 이상

말기는 욕심이 0%

말기에 이르면 곧 이어 우주로 통하는 문이 열린다. 측정기준은 너무 알려고 하지 말아라. 판단은 하늘의 일이다.

영성靈性은 1.영성과 성성性性을 합해서 부르는 의미.

2.영성만 부르는 의미가 있는바

금번 이후 영성은 영력靈力으로 성성은 성력性力으로 용어를 변경한다.

영력은 성을 갈고 닦을 수 있는 기본적인 바탕을 마련해 주는 역할을 한다. 그러므로 영력을 어느 정도 가지고 태어나야 수련이 가능하며 영력(지능지수가 가장 비슷한 의미가 됨)이 부족하면 수련이 불가하다.

영력의 역할은 현재의 우리를 성에 연결시켜 주는 데 있으며 영력으로 갈고 닦아 성을 점차 키워야 한다. 성 자체의 값어치는 본래 타고난 것이 앞서나 영으로 갈고 닦아 어느 정도의 위치에서 변화되면 본래의 성을 능가할 수도 있다. 그러나 극히 어렵다.

영과 혼은 어떤가? 영이 진화하면 혼은 함께 진화하게 되며 이 모두를 영력의 범위에 포함시킬 수 있다. 영은 자체가 세상의 일을 아는 것이며 판단 능력은 그리 높지 못하다. 아는 범위 내에서만 판단이 가능하고 알지 못하면 판단이 불가한 탓이다.

성은 알든 모르든 판단이 가능하나 영으로 갈고 닦거나 본성이 닦여 있어 판단이 되어야 실생활에서 그것이 드러난다. 성의 표면을 덮고 있는 때가 업이며 이 업은 때가 많을 경우 영으로 닦아야 하고 때가 별로 없을 경우 성 자체로 닦는 것이 가능하다. 어느 정도 이하는 성 자체의 정화력에 의해 때가 끼는 것이 불가하다.

영의 개발은 기로 가능하다. 기로 개발된 영은 퇴화가 힘들다. 기수련 시는 영을 진화시킬 수 있는 기를 집기集氣해야 하는데 그것이 곧 우주기의 집기이고 그 방법이 긴 호흡이다.

호흡은 우주기의 집기를 가능케 하며 우주기는 영의 개발을 촉진하고 영의 개발은 자아에 대한 관심을 도화선으로 성의 개발을 추진한다. 성을 알고 깨끗이 닦으면 해탈이 가능하다. 견성은 성을 보는 것이니 그 자체로서 반은 수련을 했다고 할 수 있는 것이다.

본래의 생활은 영의 지배하에 있으나 성의 비중이 점차 커지면서 성의 지배를 받게 된다. 성이 개발되어 영을 조절하게 되면서 도에 가까이 가는 것이며 영의 단계가 술術의 단계이다.

성을 깨면 도와 술이 함께 있으나
영을 깨면 술만 있다.
영을 가지고 영만 닦다 마는 단계가 하품이요,
영을 가지고 성을 닦는 것이 중품이고
성으로 성을 닦는 것이 상품이다.

본성 자체가 맑고 깊어 티끌이 쌓이지 않는 단계가 상상품이니 그들은 온 우주의 작은 티끌이 날아드는 것으로도 닦기에 전

넘하니 곧 우주의 전前단계인 까닭이다. 마치 반도체 조립공정을
거치듯 미세한 오류도 없어야 한다.

운명에서 벗어나는 법

 운명에서 벗어나는 방법이 있는지요?

지금 하고 있지 않느냐? 기를 바꾸는 것은 운명을 바꾸는 것이고 운명을 바꾸면 자신의 길에서 벗어나게 되는 것이니 벗어나는 방법이 두 가지이니라. 그 하나는 선善의 방향으로 벗어나는 것인데 궁극적으로는 해탈로 가는 것이요, 또 하나는 악惡으로 벗어나는 것인데 끝없는 먼 곳에 갈 수밖에 없느니라.

현재 하는 방법은 선과 악의 갈림길로 나갈 수 있는 방법인지라 이 선線을 따라 가다가 끝내는 반대편으로 나가버리는 경우도 있다. 계속 수련하기 위해서는 칼 같은 양심으로 버티어 나가며 중심을 잃지 않음이 중요하다.

중심을 잃지 않는 것은 그 자체로서 수련이 상당한 단계에 올랐음을 뜻하는 것이기도 하다. 이런 상태에서 노력하여 끝까지 간다면 상당한 결과가 나올 것이다. 주의해서 가도록 해라.

이 모든 과정이 병립되어 가는 것인지요?

그렇다. 모두 함께 이루어지면서 나가는 것이다. 잘 끌고 나가야 한다. 주의하도록 해라.

운명은 거역할 수 있는 것인지요?

거역이라기보다 바꿀 수 있다. 큰 길은 정해진 대로 가되 작은 일은 바꾸며 갈 수 있다. 바꾸는 것은 기의 운용으로 가능한 바 정성으로 운기를 하면 기의 통로가 변하여 우회하거나 우회할 것을 직진하게 되므로 운명이 바뀌게 되는 것이다.

수련이 점차 진전될수록 바뀌는 것에서 새로운 창조가 가능하게 되는데 새로운 창조는 더욱 공부해야 한다. 바꾸는 것은 현 단계에서도 가능하다. 흔들림 없이 잔잔한 운기로써 가능할 수 있다.

부적 따위의 힘은 그 자체의 힘이 아니라 다른 모든 사람들의 정성이 그것으로 결집될 수 있는 포인트를 만드는 것이고 그 결집된 힘이 본인을 원하는 방향으로 밀어줌으로써 가능한 것임을 알아야 한다. 허나 너의 경우는 이미 모든 파워가 네 자신에게 직접 미치고 있으므로 작은 일들은 마음이 원하는 대로 이뤄질 수 있는 상태에 있다.

사람이 살아가는 데 있어 큰일은 어떤 것이옵니까?

죽고 사는 문제 즉 생로병사 이외엔 모두 작은 것들이다. 생로병사 중 생은 변동이 불가하나 노병사는 어느 정도 조절이 가능하다. 그 외의 일들은 모두 자리 옮김이나 간단한 일들이므로 수련 정도에 따라 조절이 가능하다. 그러나 사死는 특별한 경우가 아닌 한 건드리지 않는 것이 좋고 노병老病은 정도에 따라 저절로 조절이 가능하다. 수련으로 모든 것을 해결토록 해라.

운명은 60%는 정해진 것이고 40%는 선택에 의한 것이다. 선택에 대한 책임은 자신이 진다. 80%까지도 정해져 있는 사람이 있는데 정해진 부분이 많을수록 선택된 사람이다. 스스로 선택할수록 오판의 확률이 많기 때문이다.

하늘이 돕는 사람

한없이 멀다. 먼 길이 될 것이다. 먼 길을 혼자 가야 한다. 누구도 네 손을 잡아 줄 사람은 없다. 어차피 세상은 혼자라는 사실을 일찌감치 배우지 않았더냐? 혼자인 것이다. 모두 곁에 있고 잘 보고 있는 듯 보여도 모두 망상인 것이다.

이렇게 철저히 혼자일 수 있다는 것은 좋은 것이다. 혼자일 수 있을 때 사람들은 자신을 돌아볼 수 있는 것이다. 자신이 돌아 보일 때 진정 도의 길은 나타나는 것이다.

이 세상의 모든 일은 네가 마음먹기에 달린 것이다. 마음 먹기에 따라 잘될 수도 있고 잘 안될 수도 있는 것이다. 마음을 강하게 먹도록 해라. 강하게 마음먹는다고 누가 뭐라고 할 수 없다. 오히려 네 기에 밀리게 된다.

이미 기의 강도가 어느 누구도 함부로 근접해서 어쩌지 못할 만큼 높아졌다. 이 정도의 상태라면 믿어도 좋다. 세상은 결코 저절로 오지 않는다. 매사가 그냥 흘러가는 것이 없는 것이다. 모든 것은 이제껏 흘러온 것의 결과이고 그 결과는 새로운 과정이 되는 것이지 결코 그냥 흘러가는 것이 아니다.

이제껏 열심히 해왔다. 그 열심이 이제는 결실을 볼 단계인 것이다. 그 결실은 긍정적인 결과로 나타날 것이다. 그 긍정적인 결과는 또 다른 긍정적인 과정을 말해 준다. 세상이 결코 만만치 않으나 네 자신도 세상이 만만히 볼 수 없는 상태가 된 것이다. 함부로 기 운용을 하지 않는 사람들처럼 만만치 않은 상대는 없다. 상대방에게 기의 강도가 감지되지 않는 것이다. 이렇게 될 때 하늘은 그 사람을 돕게 되는 것이다.

생각하는 것

 인간이 살아감에 있어 가장 중요한 일은 어떤 것인지요?

생각하는 것이다. 어떤 일을 어떻게 생각하고 살아가느냐에 따라 그 사람의 인생의 방향이 달라지게 된다. 생각은 그 사람의 인생에 가장 결정적인 영향을 미치는 것으로서 생각하기에 따라 이 세상은 가장 힘겨운 곳이 되기도 하고 가장 살기 좋은 곳이 되기도 한다.

누구나 생각의 기준을 가지고 있겠으나 그 기준이 바뀌어야 할 때는 바뀌어야 하는데 바꾸지 못하고 있는 것 자체가 가장 큰 불행이라고 할 수 있다. 생각은 바꿀 수 있으며 생각을 바꾸면 못할 것이 없다. 생각을 바꾼다는 것은 그 무엇도 할 수 있다는 기준인 것이다.

생각이 바뀌면 습관이 바뀌고 습관이 바뀌면 행동이 바뀌며 행동이 바뀌면 인생이 바뀌게 된다. 한두 번의 경험으로 미루어 짐작할 수 있는 것은 아니나 항상 생각을 맑고 곱게 가질 수 있도록 노력하면 언젠가는 도달할 수 있는 것이다. 항상 맑고 곱게 가질 수 있도록 해라.

수련 시 생각은 어디를 향해야 집중이 빠른지요?

하단이다. 모두 하단에 집중하면 빠른 성취를 볼 수 있다. 하단과 우주를 연결하고 그 선으로 우주의 기운을 계속 받는다고 생각하면 빠른 효과를 볼 수 있을 것이다. 우주기는 가능한 한 많이 받을수록 환골탈태가 빠르다. 항상 우주기를 의념하고 행동토록 해라.

의
식
에
대
하
여

 의식으로 갈 수 있는 거리는 어디까지인지요?

　　의식으로 가기 위해서는 먼저 의식이 강해져
야 할 필요가 있다. 의식이 강해지기 위해서는 먼저 의식을 가다듬
어 하나로 모으고 이 모인 의식을 강화해야 하는데 그냥 해서는 의
식이 강화되기 어렵다. 강하기만 하다면 의식으로 모든 것이 가능
하나 다른 것을 떠나 의식만 강해질 수는 없는 것이니 멀리 갈 수
없는 것이다. 의식의 강화 역시 호흡으로 해야 하며 현재로선 호흡
외에 더 나은 방법이 있을 수 없다. 의식이 강하게 집중될 수만 있
다면 그것으로 무엇이든 가능하다.

의식의 근본은 무엇인지요?

마음이다. 마음의 표현이 의식이고 의식의 표출이 행동이다. 행동에는 의식과 무의식이 있는바 의식은 육신에 깃들 수 있는 것이며 육신이 없으면 무의식에 들게 된다. 무의식은 그 자체가 발전이 없다. 무의식에서도 진화를 하려면 육신을 가지고 있을 때 상당한 궤도에 오를 필요가 있다.

풍장, 수장, 장기이식에 대하여

풍장, 수장은 매장과 달리 기가 흩어져 온 세상으로 섞이므로 본인에게는 가볍고 후손에게는 무영향인 방법이다. 화장이나 매장에 비해 본인에게는 뒷정리가 깨끗한 방법이 될 수 있다. 다만 자연 상태에서 그대로 이루어져야 하느니라. 끝날 때까지 아무의 눈에도 뜨이지 않는 것이 가장 좋다.

장기이식은 어떤지요?

남의 내장을 사용하는 것 말이냐?

그러하옵니다.

무관하다. 본인의 것만은 못하나 기적으로 조화만 된다면 남의 것이라고 해서 안 될 것이 없다. 걱정할 일은 아니다.

풍수지리는 어떤 것인지요?

후손에게 미치는 영향 말이냐? 죽은 자에게 말이냐?

모두이옵니다.

산 자를 위한 것이다. 죽은 자는 모두 자신의 업대로 묻히는 것인바 산 자가 본인의 뜻대로 하고 싶으니까 하는 것이니라. 좋은 자리에 묻히면 후손에게 전해지는 혜택은 다를 수 있으나 사자死者는 큰 혜택이 없다. 사자의 몸은 이미 벗은 상태이므로 입다 버린 옷에 무슨 미련이 있겠느냐? 산 자들이 조상의 기운을 잘 받자고 하는 짓들이니라.

안 하는 것이 좋은지요?

안 하나 하나 똑같으나 다만 자신을 위해서 하지는 않는 것이 좋다. 자신을 위해 한다면 업이 될 것이다.

도우道友인 현玄이 조부 묘의 이장에 관해 물어 왔습니다.

하지 않는 것이 좋으나 이미 결정된 일이므로 안 할 수는 없을 것이다. 하긴 하되 본인이 안 가는 것이 좋을 것이다. 원래 이장이란 돌아가신 분의 의견이 가장 중요한 것이며 생자들이 잘되기 위하여 하는 것이 아니니 후손들이 스스로 하고자 하는 것은 본인과 의견이 맞아야 하는데 이번의 경우는 의견이 충분히 취합되지 않은 상태에서 하게 된 것이니 무리라고 할 수 있다. 특별한 방법은 없으며 가능하면 일에 말리지 않도록 유의함이 유일한 방법이다.

신
과
인
간
의
관
계

　수련으로 도달할 수 있는 곳은 어디인지요?

정상이다. 그 정상에 오른 사람은 온 우주를
통틀어서도 몇 안 된다.

어찌하면 도달이 가능하겠는지요?

지금처럼 지속적으로 밀어 붙이면 된다.

평소에도 알파1이 나올 수 있는지요?

넌 지금도 나오고 있지 않느냐?

30분 내지 한 시간짜리 호흡은 의식의 호흡인지요?

그렇다. 집중이 그렇게만 되어 있어 깨지지 않으므로 먼 곳의 진실에까지 추적이 가능하다. 현재의 방법으로는 STEP BY STEP이나 장시간의 집중이 가능한 상태라면 보다 먼 자리로의 도약이 가능할 수 있다. 이 진보는 색다른 경험을 가져다 줄 것이나 중간 중간에 집중이 깨지는 단계에서는 하지 않는 것이 좋다. 깊은 집중에서 나오지 않고 오래 머무를 수 있을 때 하는 것이 바람직하다.

인류의 발전은 어디까지인지요?

어디까지가 없다. 일정상으로는 무한하게 발전시켜 나가려 하고 있으나 자식이 부모의 뜻에 어긋나듯 지구의 스케줄이 천상의 스케줄에서 벗어나면 방법이 없다. 신이라고 전지전능한 것은 아니며 다만 인간보다 가능한 부분이 많은 것이다.

그들 세계에서도 일부의 실수가 인정되며 그런 실수가 있을 경우 지구는 일부 인류의 뜻대로 되지 않을 수도 있다. 우주의 단계에서는 지구의 흥망은 깊은 고려의 대상이 아니므로 그렇게 중요한 것은 아니다.

살아가다가 피곤을 느낄 때는 어찌해야 하는지요?

기도해라. 신을 찾아라. 가능할 것이다. 그 신이란 편하고 싶을 때는 '편함의 신이여'로 부르면 된다. 편해질 것이다.

신의 도움을 받아도 되는지요?

도움을 받는 것이 아니다. 당연한 권리이다. 당연히 청구할 수 있는 것을 청구하는 것뿐이다.

자신의 힘과 신의 도움과는 어떻게 다르온지요?

모든 것이 알든 모르든 신의 뜻이고 신의 힘이지 자신의 힘이 없다. 자신 마음대로 할 수 있는 것은 자신의 마음뿐이다. 그 자신의 마음은 초대형 컴퓨터와 같아서 본인의 마음에 따라 여러 가지 연결 통로를 통해서 온 우주에서 가장 합당한 해결 방법을 제시하게 된다. 이 제시 과정에서 필요한 신들이 동원되며 이 신들은 필요에 따라 너의 뜻을 따를 뿐이므로 그들의 수고에 대해서는 너무 신경 쓸 것 없다.

현재 수련이 잘되지 않고 있는 모든 사람들에 대해서 어찌해야 할는지요?

신경 쓸 것 없다. 그들의 뜻대로 갈 것이다. 신의 세계에서도 도와주고 싶은 사람이 있고 그냥 버려두고 싶은 사람이 있는바 도와주고 싶은 사람은 항상 참뜻으로 살아가고 있는 사람들이다. 그런 사람의 경우는 어떤 식으로든 결코 그냥 두지 않는다.

정말로 큰 깨달음은 본인의 힘으로 해야 하는 것이온지요?

그렇다. 큰 깨달음은 도움이 없이 마지막 순간에 열린다. 그 과정까지 가는 동안 작은 도움이 필요할 것이다. 다만 열심히 하면 그 도움은 저절로 받을 수 있게 될 것이다.

감사합니다.

이제부터 본격적인 수련에 들어간다.

마음이 신의 위에 있는 것인지요?

　　마음은 우주의 본체이니 신보다 위에 있다고 볼 수 있다. 다만 마음의 실체가 보이지 않을 때는 신의 도움을 받으면 된다.

신은 누구인지요?

　　너보다 먼저 영의 세계에 도달한 사람들이다.

그들에게도 깨달음이 필요한지요?

필요하나 그들은 평소에 별 불편을 느끼고 있지 못하므로 수련을 하지 않는다. 인간의 몸으로 태어나 수련을 한다는 것은 크나큰 복이라고 할 수 있다. 참으로 고마운 우주의 혜택 중의 하나는 자체 치유능력인데 그 중의 하나가 인간으로 출생시켜 수련을 접할 수 있게 하는 것이다. 동물과 인간은 몇 만 년에서 몇 백만 년의 의식 구조의 차이가 있다. 그 의식 구조의 차이는 실로 상상을 불허하는 차이가 존재함을 말해주는 것이다. 어찌 그보다 큰 혜택이 있다고 볼 수 있겠느냐?

단
전
이
란

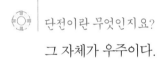 단전이란 무엇인지요?

그 자체가 우주이다.

어째서 기운이 모이는지요?

우주이기 때문이다. 모이는 것이 아니라 오는 것이며 각자
의 단전은 또 하나의 작은 우주이며, 우주에 연결되어 있는 까닭에
기운이 모이는 것이다. 그 기운이 장해지면 본 우주와 연결이 되게
되는데 기운은 그 연결의 고리 역할을 하게 된다. 이렇게 연결이
되면 그것을 통하여 모든 것이 전수되고 전수가 일정 궤도에 오르

면 단계가 바뀌게 된다. 어느 정도 이상 단계가 바뀌면 집기가 필요 없게 되며 대개 오리무중의 상태에 들므로 또 한 번의 방황을 경험하게 된다.

이 단전으로 나가는 방법은 어느 정도 이상의 진도가 나갔을 때 가능한 것이며 보통은 단전의 효용의 1/100도 모르는 상태에서 수련을 끝내게 된다. 단전은 곧 우주이다. 인간은 원래 천인天人이었던 까닭에 작은 우주를 하나씩 가지고 있는바 그것이 바로 단전이다. 이제야 단전의 의미를 알겠느냐?

알겠습니다. 전에 수련 시 단전에서 별을 본 것은 맞는 것인지요?
맞다. 그것이 바로 우주니라.

단전이 우주라면 하늘도 저희에게 있는지요?
있다. 머리가 하늘이니라. 머리에서 생각하는 것은 감정에 의한 것이며 단전에서 생각하는 것은 우주의 이치이며 깨나갈 수 있는 것이니 모든 것을 단전으로 생각하면 중심이 잡혀 그릇되이 갈 일이 없을 것이다.

가슴은 어떤지요?

가슴 즉 너희들이 중단이라고 하는 것은 그 두 가지의 중간 단계로서 머리보다는 깊고 단전보다는 가벼운 것을 생각하는 부분이니라. 기가 모여 흐르는 순서가 하단전에서 중단전에서 상단전으로 되는 것은 우주의 기운이 차차 퍼져나감을 뜻하는 것이며 가슴에 맺힌 것은 머리에 맺힌 것보다 무거운 것으로 그 크기를 짐작할 수 있을 것이다.

단전에는 무엇이 맺힐 수가 없다. 그 자체가 워낙 큰 까닭에 하찮은 인간의 감정 따위로 영향을 미칠 수가 없는 까닭이다. 단전의 역할은 모든 것을 삭이고 키우는 데 있으며 네가 일전에 말한 잡기가 쌓이는 곳은 단전 중의 극히 일부에 위치한 곳으로서 그곳을 건너지 않고는 원단전으로 가기가 불가하다. 이곳을 넘으면 가기가 쉬운바 우주 입구의 마지막 단계인 까닭이다.

여울이라고도 하며 이곳에서 깨면 모든 것이 사라지게 된다. 사라짐은 번뇌를 여윈다고 하는 것으로 이 자체만으로도 하나의 큰 깨달음이 될 수 있다. 이제껏 인류의 역사를 통틀어 이곳을 지난 이는 열 손가락 안에 든다.

○○도 완전히는 못 넘은 곳이며 다시 수련을 해야 할 것이다. 속俗의 인연을 완전히 끊지 못한 까닭이다. ○이 걸린 것이다. 알겠느냐? 다만 단계가 높으므로 곧 벗을 수는 있을 것이다. 인연

을 끊는다는 것이 얼마나 힘든 것인지…….

알 것 같사옵니다.

어떻게 끊겠느냐?

마음에서 끊겠사옵니다.

마음에서 어떻게 끊겠느냐?

정리해 보겠습니다.

잘 안될 것이다. 해보는 대로 해보도록 해라. 마지막 순간에는 끊을 수 있어야 한다. 그 순간까지 끊지 못하면 도로 아미타불이 되는 것이니라. 잊지 않도록 해라. ○○의 네 자리가 비어 있음을 잊지 않도록 해라.

헤로도토스는 무슨 뜻인지요?

우주라는 뜻이니라. 언어보다는 의미의 뜻을 새기면 될 것이다. 지구 인간의 능력으로는 백만 년 후에나 찾아볼 수 있을 것이다. 원래가 육안으로는 볼 수 있는 것이 아니니 육안으로 볼 생각은 않는 것이 좋다.

인간의 능력은 어찌 이리도 유한한지요?

스스로 그렇게 만들었기 때문이다. 물物에 얽매여 그렇게 된 것이다.

물질에서 벗어나면 얼마나 벗어나는 것인지요?

30% 벗어난다고 하지 않았느냐? 앞으로도 머리는 믿지 말아라. 영성을 믿어라. 영성은 그만하면 상급이니 그 영성으로 깨고 나가면 얼마든지 가능할 것이다.

영성이란 무엇인지요?

사람이 바르게 사는 것이 성력性力이고 벼슬을 한다든지 금전적인 성취, 명예 등은 영력靈力이다. 영력이 높은 것보다 더 중요한 것이 성력이며 이 성력의 개발이 수련이다. 성력의 개발은 영력의 개발과는 무관하며 영력은 개발시키려고 의식적으로 노력하지 않는 것이 좋다. 영성은 영과 성을 함께 말하는 것이다.

다른 사람들은 어떤지요?

다르다. 기감으로 깨야 하며 그 방법이 호흡이니라.

호흡은 필요 없는지요?

왜 필요 없겠느냐? 몸을 유지하기 위해 반드시 필요한 것 중의 하나이니 잊지 않도록 해라. 지금처럼 하면 된다.

다른 사람에게 전파하는 것이 옳은 것인지요?

옳다. 다만 사람을 가릴 수 있도록 해라. 사람을 잘못 가리면 영성이 흐려지는 경우가 있으니 영성이 흐려지지 않도록 주의하도록 해라.

알겠습니다. ○○은 어떤지요?

수련은 좀 했으나 근기가 부족하여 빗나간 것이다. 그런 사람은 원래 큰 그릇이 아니며 크게 돼도 감당이 안 되므로 그렇게 될 수밖에 없다. 도의 세계에는 입문이 되지 않는 스타일이다.

한韓은 어떤지요?

영성은 있으나 기감이 부족하고 근기가 얕아 오래 지탱하기는 힘들 것이다. 그런 사람들은 남들은 해줄 수 있으나 자신이 수련을 안 하므로 결국 가르쳐 준 사람들에게서도 대접을 받지 못한다.

단전호흡

 정확히 단전호흡이란 어떤 것인지요?

단전으로 호흡하는 것이다. 단전호흡이란 의식과 기운이 함께 하는 것이므로 평상시 호흡처럼 의식의 집중 따로 호흡 따로 하는 것에 비해 상당한 성과를 이룰 수 있는 것이다. 의식 및 호흡으로 단전에 집기를 하는 것은 그곳이 축기의 보고이기 때문이며 여기까지가 초보 단계이다.

단전호흡에도 열 단계가 있는바 첫째는 단전에 의식을 주는 것으로 시작되며, 둘째는 호흡을 함께 하는 것이고, 셋째는 의식의 강화, 넷째가 집중, 다섯째 더욱 강화, 여섯째 벗어남, 일곱째 새로운 시작, 여덟째 비약, 아홉째 도착, 열째 깨고 나감이라 할 수 있다.

단전호흡으로 깨는 것은 극히 일부 1% 이내라고 할 수 있고, 여기에 기+영+혼+우주의 단계에 가야 전체적인 균형이 맞아 대의식이 열리고, 대의식이 열린 후 깸이 있는 것이지 소아小我적인 단전호흡은 깸과는 거리가 있는 것이다. 인간의 몸은 호흡으로 모든 것이 유지되므로 호흡만 가지고도 상당 부분 커버할 수 있다.

호흡으로 안 되는 부분은 거의 없다고 볼 수 있으며 대체로 내보낼 것이 많을 때는 날숨을 길게, 들이쉴 것이 많을 때는 들숨을 길게 하면 된다. 내보낼 것은 마음이 불안하거나 편치 않을 때이며 수련이 잘 안될 때에도 내보낼 것이 많다고 보면 된다.

날숨과 들숨의 비율은 7:3에서 시작하여 점차 들숨 위주로 나가되 최후엔 들숨과 날숨의 비율이 9:1이 된다. 이때는 체력이 달릴래야 달릴 수 없는 상태가 될 것이다.

수련을 시작하여 안정기까지는 날숨 위주로, 의식이 안정기에 접어들면 들숨 위주로 수련을 한다면 효과가 있을 것이다. 호흡 시 기에 대한 인식은 접어두고 호흡에만 즉 들숨, 날숨에만 전의식을 집중토록 노력하되 들숨과 날숨의 비율은 본인이 숨 가쁘지 않게 조절하면 될 것이다.

장소는 약간 선선한 곳이 좋으며 너무 춥거나 더우면 집중에 방해가 되니 섭씨 17도 정도로 맞추면 좋을 것이다. 들숨은 온 우주를 들이쉰다고 생각하고 날숨은 내부 속의 모든 나쁜 것이 다 나간다고 생각해라.

30분 내지 한 시간 이후 한결 가벼운 상태가 될 것이다. 처음엔 그냥 숨만 쉬다가 차차 집중이 될 것이니 처음부터 우주를 논하지 말고 호흡에서 어떤 현상을 알게 된 이후 우주를 가르쳐 주면 된다.

호흡이 쉬운 것 같아도 일정 시간 가늘고 긴 상태를 유지함은 상당히 어려운 것이니 이를 지속적으로 유지해 주는 것만으로 상당한 효과가 날 것이다.

소화 불량 시와 순환기 불량 시 방법은 어떻게 달라야 하는지요?

소화 불량 시는 의식은 띄우고 힘껏 들이마셔서 배에 힘을 주고 한참 멈추었다가 내쉬고 이런 동작을 5분 정도 반복 후 다시 하기를 3~5회 많이는 10회 정도 반복 후 평상시 호흡을 하면 된다.

순환기계 불량은 평소의 호흡보다 더 조용히 할 것을 요한다. 호흡을 조용히 함으로써 안정하는 것이며 안정한 상태에서 호흡을 계속함으로써 파장을 가라앉혀 그 상태가 평소에까지 유지되도록 해야 한다. 순환기계는 심장이나 혈관 계통이므로 특히 조용히 할 것을 요한다.

식사 후 호흡은 어떤지요?

식사 후에는 가급적 호흡을 하지 않는 것이 좋다. 식후 호흡은 체내에서 기가 엉켜 순환이 되지 않는 경우가 있으니 한 시간 이상 지난 후 휴식을 가지고 나서 수련에 드는 것이 바람직하다. 수련에 들고 나서는 가늘고 긴 호흡을 유지하되 소화가 안 될 때는 힘 있는 호흡을 함으로써 기반을 조성하고 나서 호흡수련에 들 것이 필요하다.

어찌하면 집중이 쉽겠는지요?

단전을 생각해라. 단전을 생각하면서 호흡하면 된다.

수련 시간은 어느 정도가 좋은지요?

한 시간 내지 2시간이 좋다. 평소의 호흡에서는 하루 종일 단전에 의식을 주고 호흡을 하되 집중하는 시간이 처음부터 너무 길게 하려면 힘이 들고 힘이 들면 금방 지치고 마는 까닭에 너무 긴 것은 좋지 않다. 한 시간에서 두 시간도 30분 단위로 나눌 수 있는바 30분씩 2~4회 정도 하면 좋을 것이다. 다만 짧되 충분히 할 것을 요한다. 혼자 하는 수련은 시간 배분이 쉽지 않아 짧고 깊게 하는 것이 좋을 것이다.

집중이 잘 안될 때는 어찌하면 좋겠는지요?

생각을 놓아라. 어디를 생각한다고 특별히 정하지 말고 그냥 놓았다가 편해지면 단전을 집중해라. 그러면 좀 더 단전에 집중이 잘될 것이다. 절대적인 신뢰가 가능한 사람에게만 가능한 방법이 될 것이다.

식
사
와
수
련

 식사와 수련은 어떤지요?

　　식사 후 호흡은 한 시간 가량 지나서 해야 하
나 영적인 차원에서는 별 관계가 없다. 메시지를 받거나 수련상의
문제점 도출과 해답을 구하는 것은 24시간 가능하다. 호흡은 식사
와 식사의 중간 시점이 가장 좋은바 위에서 음식이 소화되어 장으
로 내려가 어느 정도의 시간이 흘러 장에서도 별 부담 없이 있는
상태일 때 즉 온몸의 어느 부분에도 무리가 없는 상태가 가장 수련
에 적합한 것이니라.

　　소식小食이 수련생에게 좋은 이유는 수련 시간대를 넓힐
수 있기 때문이다. 그 시간대가 넓어짐으로 인하여 수련 시간이 길

어질 수 있고 수련 시간이 길어지면 그만큼 기적인 보충이 되어 생활이 가능해지는 것이다. 소식에 무수련이라면 비는 부분이 생기므로 곧 몸이 허해져서 균형을 잃게 되나 소식이라도 수련을 한다면 곧 그곳이 보충되어 이상이 없게 된다.

수련은 모든 것을 원래의 상태로 돌리는 것이며 원래의 상태는 모든 것이 고루 갖추어져 있는 상태이고 그 상태에서는 빈 곳이 없는바 인간은 생활상의 문제로 인하여 기적인 면에서 기가 몰리거나 비는 곳이 있으므로 불균형으로 병이 오게 되었다.

마음으로 다스릴 수 있는 병은 상상 외로 다양하며 30% 이상 진행되지 않은 상태에서는 거의 나을 수 있고, 20% 이하에서는 완치가 확실하다. 모든 병은 70% 이상 진전 시 몸의 복원력이 균형을 잃게 되며, 80% 이상 해당 부위가 상하면 복원이 불가하다. 70%까지는 인간과 신의 뜻으로 가능한 부분이다.

최근의 에이즈, 결핵 일부 등이 80% 선에 육박하거나 능가하는 병들이고 기타는 중병이라도 60~80% 선에 있는 것들이므로 나을 수 있으나 대개 인연이 되지 않아 낫지 못하고 있는 것들이다. 인연 역시 정해진 것이다.

병이란 모든 것이 특히 그렇듯 그냥 오는 것이 없고 언제 적이든 자신이 저지른 것이 돌아오는 것이니 꼭 같은 것으로 돌아오는 것은 아닐지라도 상응한 대가를 지불토록 되어 있는 것이다.

병의 치료는 어떤지요?

업으로 온 병은 스스로 나아야 한다. 스스로 낫는다 함은 본인이 마음을 고침으로써 낫는 것을 말하는바 이렇게 나으면 재발이 없으나 본인이 마음을 고치지 않고 표면에서만 낫는 것은 일견 나은 것 같아도 다시 살아나게 되는 것이다.

마음의 병을 고치는 이가 상의上醫, 몸의 병을 고치는 이가 중의中醫, 몸의 병도 제대로 살피지 못하는 이가 하의下醫이니 이 세상엔 상의가 2~3%, 중의가 20%, 나머지가 하의인 것이며 양자를 모두 살펴 구할 수 있는 이는 1% 이내이다.

하의는 다시 상중하로 구분되는바 하상은 마음은 바르되 병을 제대로 보지 못하는 자이며, 하중은 마음도 그저 그렇고 병도 그저 그런 상태의 사람이며, 하하는 마음도 바르지 못하고 병도 잘 고치지 못하는 사람이니 이런 류의 의인醫人은 장차 업을 벗기가 어려울 것이다.

경락이란

 경락이란 무엇인지요?

우주의 기가 흐르는 길이다. 인체는 소우주인
지라 우주에 있는 경락인 대경大經과 인체에 있는 경락인 소경小經
이 일치하면 만병이 사라지게 되어 있으나 인체 내의 기는 우주기
의 연결로써만이 완치가 될 수 있다.

인체 내에서만 기가 정상 유통이 된다고 해서 치료가 되
는 것도 아니요, 대경에 연결이 가능해야 하는바 침은 그 방법 중
의 하나가 될 수 있다. 특히 자오유주에 의해 서로의 경락을 통하
는 기가 일치되어 흐를 때 침을 사용하면 경우에 따라 즉효가 가
능하다.

이 시각을 놓치면 다시 24시간을 기다려 시술함으로써 본연의 기운을 연결시킬 수 있는데 개혈의 시점을 정확히 잡아야 한다. 개혈의 시점은 상의上醫의 경우 하늘을 보면 알 수 있는바 기운이 흐르는 빛과 방향을 보면 알게 되는 까닭이다.

인체를 보고 경락을 찾아 체내에서만 기운이 유통되도록 할 수 있는 중의 차원에서는 하늘을 보고 인체의 경락을 연결시키기는 어려울 것이다. 하의는 인체의 기운조차도 제대로 연결이 안 된다. 스스로 막혀 있기 때문이다.

경락을 연결시키기 위해서는 본인이 그 연결을 시킬 수 있는 파워가 있어야 하는데 그런 기의 결집을 위해서는 상당한 수련으로 영성이 깨어 있을 것을 요한다.

영성이 깨이면 천기의 길이 보이게 된다. 이 길은 깨인 사람이 후에 타고 나가는 길도 되는 것으로서 이 길이 우주에는 수십만 갈래가 있다. 지구에 연결되는 기운은 목·화·토·금·수·상화로서 모두 6종이며 이 모든 기운이 섞여 하나가 되면 미색이 된다.

방향도 동·서·남·북·상·하의 6방이며 인간의 행동도 기운의 배합에 따라 달라지게 된다. 조건이 갖추어진 사람 중에서 무릇 바르게 살고자 하는 사람이 그 첫째로서 상중상이요, 마음은 있으나 그렇게 하지 못하는 이가 상중중이요, 마음도 뜻도 없는 이가 상중하니라.

이런 단계만 해도 곧 가까이 갈 수는 있는 단계이나 중품 이하는 수련을 해도 가기가 어렵다. 수련의 길이 멀어도 가까운 것은 항상 손만 내밀면 잡히는 거리에 있으나 잡지를 못하고 보지 못하는 데 그 어려움이 있는 것이다. 언제나 자신의 바로 옆에 우주의 경락이 흐르고 있는 것이다. 애써 살펴 잡을 수 있도록 해라. 됐느냐?

약은 어떤지요?

자연에 가까운 약을 때에 맞춰 복용함은 섣부른 침보다 상위의 효과가 난다. 침은 강하고 일시적이나 약은 그보다 약하나 지속적이다. 약이나 침이나 참으로 잘 가려서 해야 할 것이다.

생식으로 보충하는 것은 어떤지요?

한 가지 방법은 될 수 있으나 그 역시 편중된 기의 주입으로 불균형끼리 맞추어 균형을 찾는 것이므로 정확한 교정이 어렵다. 비슷하기는 하나 소식小食과 효과는 거의 비슷할 것이다.

생식은 평소의 식사에서 날 것을 점차 늘려가는 방향으로 하되 가급적 내장에 부담이 적도록 하는 것이 좋다. 모든 것은 가

려가면서 해야지 좋다고 모두 따라 한다면 수련생으로서 마음자리
는 어디에 두고 가는 것이냐?

수
면
에
대
하
여

 잠은 어떤지요?

　　　사람에 따라 다르나 6~8시간은 자야 한다. 너는 6시간 수면으로 별 지장이 없는 단계에 들었다. 매일 6시간 이면 보충이 될 것이다. 잠 또한 많아지는 것이 좋은 것이 아니며 일정 시간 수면을 취하고 깨어 있는 시간을 늘려 가급적 의식세계에 머무는 시간이 많은 것이 좋은 것이다.

　　　무의식의 세계는 그 자신 현재의식으로 끌어내기엔 상당히 어려운 점이 있으므로 현실계에서는 가급적 의식계에서 생활하고 수련함이 요구된다. 수면 중에 수련이 안 되는 것은 아니나 그 수련은 의식계의 수련과 1/100 정도의 효과밖에 나지 않음을 명심해라.

소식에 소면은 그 자체가 원래의 상태에 가까워지는 것이
니 수련생에게는 거의 필수라고 할 수 있는 것이다. 깨이고 나면
육체의 피로에 대한 수면은 필요해도 마음의 피로에 대한 수면은
필요가 없으므로 잠의 양이 대폭 줄어들게 된다.

수련 지도

사람에 따라 근기가 달라 일률적인 기준의 적
용이 어렵다. 진정 수련에 뜻이 있으면 찾아
올 것이요, 취미나 호기심 정도라면 오지 않을 것이니 저절로 정리
될 것이다. 수련으로 오는 사람에 대해서는 주도록 해라. 무엇 때
문에 오는 사람들인지는 알지 않느냐?

이촌의 경우는 어떤지요?

어렵다. 본인이 그 정도의 벽을 가지고 있기도 어려운데
깨려는 노력도 없으니 더욱 어려운 것이다. 어설프게 불을 붙이려

다가는 오히려 지금의 불씨마저 꺼져버릴 우려도 있으니 섣불리 건드리지 않는 것이 나을 것이다.

후에 인연이 되려면 본인이 인연을 맞이할 수 있는 준비라도 갖추어야 하는데 그 인연을 맞이할 준비란 호흡이니라. 호흡으로 어느 정도 단계까지 가야 수련이 가능할 것이다.

호흡은 만물에 공통된 수련 방법이다. 어떠한 경우라도 이 호흡으로 깨고 나갈 수 있으되 그 전에 본인의 준비가 확실함을 요한다. 현재의 상태로는 어려울 것이다.

인간적인 면의 질문에 대해서는 어찌해야 하는지요?

인간적인 면도 두 가지이니라. 자기를 위한 것이 있고, 남을 위한 것이 있는바 남을 위하고자 하는 것은 힘껏 알려 주어도 가능하다. 자신을 위하고자 하는 것은 절대 가르쳐 주지 말라. 본인을 위하고자 하는 것은 인간의 도리로 파악하고 기감이나 영감을 사용치 말 것을 요한다.

특히 영감의 세계에서 본 것은 함부로 발설하지 말 것을 요한다. 기감으로 본 것은 반드시 상계(영계 이상)의 뜻이 아닐 수도 있으니 발설해도 무관하나 영감으로 본 것은 절대 발설하면 안 된다. 하늘의 뜻인 까닭이다.

수련생들로서는 차차 알아지면서 가는 것이 정상이고 정도이니 너무 서두르지 않도록 함이 좋다. 네가 입으로 지은 업이 많은 까닭은 살아오면서 인간계의 일에 대한 상담을 많이 받아온 때문이다. 현명한 판단을 내려 줌으로써 당사자가 당연히 겪어야 할 일을 피하게 하는 것도 업이 되느니라.

수련의 목표

 수련의 목표는 어디에 두어야 할는지요?

목표는 항상 최종적인 부분에 두어야 한다. 다만 중간 목표와 단기 목표는 별개이나 큰 목표는 멀리 놓아야 할 필요가 있다. 목표가 가까우면 그곳까지 갈 필요도 없거니와 가봤자 남는 것이 없으니 목표는 항상 멀리 놓도록 해라.

어디까지 놓아야 하는지요?

깸이다. 깨는 곳까지 놓아야 한다.

사람마다 목표가 다름은 어찌해서인지요?

근기에 따라 목표가 다른바 그건 어쩔 수 없는 일이다. 수련에까지 다가왔다는 것만으로도 더없이 맛있는 밥상을 마주보고 앉은 것 정도는 되나 그 음식의 맛을 몰라서 식욕이 일어나지 않는 것과 같다.

이 수련의 참맛이 원래 밋밋하여 그 실체를 알기 전에는 별맛이 없는 것과 같으며 별맛이 아닌 이 맛의 의미를 알기 위해서는 평소에도 희로애락에서 벗어나기 위해 많은 노력을 해야 하니 그런 생활 자체가 쉽지 않은 까닭이다.

희로애락에서는 벗어나되 자신의 인간적, 수련적인 면에서 해야 할 일은 열심히 해야 하는 것이니 열심히 하고도 결과에 구애받지 않을 수 있어야 되는 것이다. 그런 상태는 평소 좋아하던 입맛을 바꾸는 것과 같으며 성격을 바꾸는 것과도 같으니 인위적으로 하려면 상당히 어렵겠으나 수련으로 깨려 하면 성격 개조도 상당히 쉽게 갈 수가 있는 것이다.

마인드 컨트롤이라는 것도 따지고 보면 집중 상태에서 다른 코드로 옮기는 것과 같으니 그 이치를 알면 모두 쉬울 수 있는 것이다. 호흡을 해라. 호흡만이 가능케 할 것이다.

기는 영성이

깨일 수 있는 근본

 단전호흡 시 단전이 따뜻해지는 것은
어째서인지요?

기가 모이기 때문이다. 기가 모여 압축이 되면 스스로 열을 발생하게 되어 있다. 기는 어떤 용기에 넣어 눌러야 압축이 되는 것이 아니고 일정 장소에 상당한 양이 모여 들 수도 있고 타 장소와 비슷한 양이 모일 수도 있는바 가급적 밀도 높은 기의 결집은 변화의 씨앗 즉 탈태脫態의 기초가 되는 것이다.

기란 그 자체로 변하기보다 영성의 기초가 됨으로써 영성이 깨일 수 있는 근본을 만들어 줌에 의의가 있는 것이지만 그 자체로도 강도 있는 기의 변화가 가능하다. 이렇게 변화된 기는 무공

武功에서 사용 가능한 것으로 되기도 하는데 이 기는 한번 이런 식으로 길을 들이면 계속 그런 쪽으로 흐르게 되고 마음공부의 방향으로 흐르기 어려우니 깊이 생각해서 몸의 유연성을 해치지 않는 범위 내에서 그쳐야 한다.

몸이란 강하기보다 유연함에 그 의의를 두어야 하며 유연할수록 결정적인 순간에 강한 기를 배출할 수 있는 것이다. 기란 한번 배출되면 다시 끌어올 수 있는 기와 배출되면 그냥 사라져버리는 기의 두 가지가 있는데 배출되어도 다시 돌아오는 자율기自律氣로 바꿔야 한다.

자율기는 고도의 수련으로만이 양생이 가능하다. 호흡으로 기의 질을 변화시키려면 3년 정도가 걸릴 것이나 이 변한 기를 실생활에 응용하려면 10년 이상은 해야 할 것이다.

건강의 중요성은 유연하게 하는 데 두도록 해라. 강하면 끊어지고 끊어지면 흐름이 멈추게 되어 있으니 연하고 부드러워서 항상 기의 끊김이 없도록 해라.

성욕을 벗는 법

상단으로 밝은 빛을 받아 하단으로 모으고 하단에 모인 내용은 아래로 밀어 내린다. 밀어 내린다고 아래로 빠지는 것이 아닌 자신의 내부 하부에 쌓이는 것이다. 이 쌓인 욕慾의 덩어리는 후에 도道로 변하는 근본이 된다. 평소에 지나치게 성욕을 느끼면 수련 시 여자는 중단에 집중하면서 용천으로 내보내고, 남자는 하단에 집중하면서 용천으로 욕의 덩어리를 내보낸다.

텔
레
파
시

 텔레파시란 무엇인지요?

　　　　우주의 언어이다. 이 이상 정확한 의사전달
방법은 없으며 이 세계에서는 거짓이 통하지 않는다. 신체 주파수
중 뇌파를 이용하는 방법이며 알파 1 이하에서 가능하다. 잡념이
있는 상태에서는 혼선이 되므로 정확한 의사전달이 불가하며 정확
한 송수신이 되기 위해서는 잡념이 없어야 한다.

　　　　잡념은 텔레파시의 가장 결정적 방해 요소이다. 동시에 여
러 명에게도 가능하며 이 경우 상대방이 수신했는지 여부도 확인
이 가능하다. 수신 여부는 본인이 즉시 알 수 있으며 대체로 수신
이 불가한 상태에서는 송신이 잘 되지 않으므로 송신을 않게 된다.

이 텔레파시로는 염력이 강한 사람도 상대방의 의중을 확인하기는 불가하다. 텔레파시는 의사전달 수단 중의 하나이며 이 방법으로 당사자 간에 의사의 혼란이 없으면 혼선은 되지 않는다.

시공을 초월하나 같은 시간대의 텔레파시가 가장 정확하고 전이나 후에 음성기록을 남겼다 전하는 것은 공력이 높은 사람이 80%, 기타는 20~30% 정도 가능하다. 시간 지체 전달의 경우 메시지에 계속 기가 실려 있어야 하므로 순간 보내고 끊는 것과는 방법이 다르다.

마음이 흔들릴 때

 마음이 흔들릴 때는 어찌해야 하는지요?

하늘을 보아라. 숨을 크게 들이쉬고 이 세상
의 모든 일들은 작은 것들이라고 생각해라. 그런 작은 일들에 흔들
리는 자신의 모습을 밖에서 한번 바라보면 흔들림이 멈출 것이다.
이 흔들림이 멈추고 나면 차분히 수련에 임해라. 임하는 방법은 축
기 이전엔 수련법을 따르고 그 이후엔 스승이나 지도자의 지시에
따른다. 헛되이 시간을 보내는 일이 없도록 해라.

감사합니다.

네 기가 상당히 장하므로 집안이 무사하다. 더욱 장해질 수 있도록 해라. 기운의 범위 내에 있으면 다소 나른해진 것 같음을 느끼게 되는바 사람을 편안히 해주는 파장으로 이루어져 있기 때문이다. 하단이 따뜻해질 때 보기를 하도록 해라.

수
련
법
에

대
하
여

도란 내가 누구인지 알고 나서부터 방향을 잡
아야 한다. 호흡이나 자세 등은 내가 누구인
지 알기 위한 준비 단계에서의 일이요, 그 상태에서 얼마간 수행하
여 자신의 본체를 확인하고 어떤 수행을 해야 할지 결정해야 한다.

내가 누군지 모르는 상태 하에서의 수행은 의미가 없으며
그런 상태에서의 수행은 헛수고가 되는 경우가 많다. 내가 누군지
알기 위해서는 먼저 나의 모든 것이 털어져야 하는데 그 상태까지
도 못 가는 사람이 많다.

누가 가르쳐줘서 되기보다는 스스로 자신이 누구인지 밝
혀 보고 다음 길을 가는 것이 바람직하며 그 상태가 되기 위해서만

도 피눈물 나는 여러 단계를 거쳐야 한다. 수행이 쉽지 않음은 자신이 누구인지를 밝히는 길이 멀다는 데에 있다.

앞으로 수련은 어떻게 해야 할는지요?

현재까지의 방법(心法 : 밖의 기운도 버리고 몸 안의 기운으로 익히되 무심으로 드는 법)이 당분간은 더 유효하다. 이런 방법으로 가는 것은 개심開心 초기까지이며 개심이 되고 나면 다른 방법으로 바뀌게 될 것이다.

다른 사람들이 수련이 되지 않는 것은 아집에 머물기 때문이며 아집에서 벗어남만이 우주로 진입함을 가능케 할 것이다. 우주에 이르러서도 자신의 선생님인 본성을 맞이하여 수련에 들 때까지는 계속 수행이 요구될 것이다. 또 어떤 수련이 있을 것 같더냐?

용맹정진, 장좌불와 등의 수련은 어떤지요?

필요할 때 필요한 단계에서 시키는 대로 하면 된다. 불가의 수행과 선계의 수행이 다른 점은 이런 방법이 아니면 깨지 못하는 것이라고 생각하는 것과 이런 방법이 아니라도 깰 수 있다는 것에 근본적인 차이가 있는 것이다.

　　이런 수련법들은 극히 일부만이 선택할 수 있는 방법으로서 이 경지의 프로에게 가능한 것이며 속에서 호구지책에 연연하는 수행자들이 선택할 수 있는 것은 아니다.

　　얻는 것보다 잃는 것이 많음도 또한 수행자에게 반드시 권하기 바람직한 수련법이 아닌 이유이다. 반드시 그런 길이 아니더라도 가능한 많은 방법이 있음이니 쉬우면서도 어려운 수행의 길에서 멀어짐이 없도록 유의해라.

　　알겠습니다.

　　생활이 곧 수련이니라. 잊지 않도록 해라.

마음의 진화

 마음은 어떻게 진화하는 것인지요?

마음은 영성의 개발로 진화한다. 영성의 개발은 현실 속에서 안주하면 진화가 되지 않으며 정상적인 고난을 겪어 이김으로써만이 개발되게 된다. 개발이 될수록 우주의 이치가 보이게 되므로 모든 것이 밝아져 죄를 범하기가 어렵게 된다.

인간의 이치로 영성을 개발하기는 어려우므로 현재까지의 성인聖人들이 여러 가지 방법으로 깨칠 수 있는 근본을 갖추는 글들을 남겨 놓았는바 그대로 행해도 역시 최종적으로는 영성을 개발할 수 있는 방법을 행해야 하는데 이것이 수련이다.

수련으로 갈 수 있는 방법은 참으로 멀다. 그 먼 길을 지루

하지 않게 갈 수 있는 방법이 수련이며 이 방법만이 최종 목적지에 도달할 수 있는 것이다. 이 길에 제대로 들기란 낙타가 바늘구멍을 통과하듯 어려운 것이며 이 길에 들어서 바로 가기란 역시 그만큼 이나 어렵다고 할 수 있다.

이 길을 간 사람들은 얼마만큼 가든지 다시 그때의 위치에서 시작할 수 있으나 이 길에 들지 못한 사람들은 항상 처음의 위치에서 시작할 수밖에 없으므로 같은 고난도 받아들이는 방법에 따라 정법正法으로 갈 수도 사법邪法으로 갈 수도 있다.

수련의 길이 험해도 힘내서 정법으로 깨야지 쉬운 것같이 보인다고 사법으로 깨면 그 길은 더욱 멀어지고 마는 것이다. 정법이란 인간의 윤리에 비추어 생각하면 될 것이다. 없으면 내 스케줄에 없어서 없는 것이니 없는 대로 만족해야 할 것이요, 있으면 있다고 내세우거나 자만에 빠지지 말고 그대로 가야 할 것이다.

있으면 나누고 없으면 구하되 구하는 방법이나 목표물조차도 정심正心으로 찾아야 한다. 정심의 상태는 항시 고요히 가라앉아 모든 것이 투명하게 들여다보이는 상태이나 사심邪心의 상태에서는 맑지 않은 물과 같아 언제나 밑바닥이 모두 들여다보이지 않게 된다. 항상 정법正法으로 깨도록 해라.

사
리
란

 사리란 무엇인지요?

　　사리는 수련의 징표이니라. 허나 생기는 경우도 있고 생기지 않는 경우도 있어 그것이 곧 도력이나 수련 단계의 직접적인 증거라고 보기는 어려우니라. 사리는 수련에서 일정한 단계를 넘을 때 생기며 극한 인내로 넘길 경우 한 번에 수십 개가 생기기도 하는바 수련의 고비를 쉽게 넘기면 적게 생기거나 생기지 않기도 한다. 사리는 반드시 수련의 직접 척도는 아니나 상당한 기준은 되는 것이다.

어떻게 해서 생기는 것인지요?

정신력의 결정체이니라. 그래서 부서지지도 타지도 않는 것이니라. 생전에는 딱딱하지 않은 상태로 몸속에서 제 기능을 다하다가 사후 그런 형태로 변하는 것이며 이 사리는 사후에는 특별한 역할이 없으나 생전에는 마음이 할 수 있는 부분들을 표현해 주기도 하는바 사리 하나하나가 마음의 결정체이기 때문이다.

사후의 사리는 우주의 파편으로서 혜로도토스는 별 전체가 그런 재질로 되어 있다. 모두 마음 즉 심의 결정체인 까닭이다. 사리에서 나오는 빛은 곧 우주의 빛이며 색깔인 것이니 그리 알도록 해라. 왜 사리가 없을까봐 걱정되느냐?

아닙니다.

걱정마라. 10개 내지 30개는 나올 것이니라.

○○의 경우 단계는 어떠한지요?

마지막 단계이다. 벗어나기 직전의 마지막 단계까지 갔던 경우이다. 곧 벗을 수 있을 것이다.

현재까지 완전히 벗어났던 분들은 얼마나 계시는지요?

있긴 있으나 그리 흔치 않다. 사리보다 깨달음의 측정 기준은 그 사람의 행동이나 말에서 찾아야 한다. ○○의 경우 완전한 깨달음까지는 가지 못하였으나 그 공덕이 높아 곧 도달할 수 있을 것으로 보인다.

○○의 몸은 어째서 완전치 못했는지요?

자신의 마음이 불완전했기 때문이다. 마음의 불균형이 몸에 나타난 것이다. 그것 때문에 타 수행자보다 수행을 많이 깊게 정진하였으나 결과적으로 따라가지는 못한바 되었다.

사리는 어째서 더 많았는지요?

사리는 절대 기준은 아니다. 고행이 심했으며 그 고행이 바른 것이었다는 것을 표현해 주는 것일 뿐이다.

○○은 어떤지요?

누구?

○○이라고 전에 ○○선원에 수련생이 있었습니다.

들어보지 못한 이름이니라.

알겠습니다.

아마 아직은 선계에 등록이 돼 있지 않은 사람인 것 같다.
문을 보고 밀어야 나갈 수 있지 벽을 보고 밀면 열리지 않을 것이
니라.

알겠습니다.

또 오너라. 요즈음은 네가 예쁘다. 수련을 열심히 하는 까
닭이다.

지구 공동설

 지구 공동설空洞說은 사실인지요?

모든 우주는 공空의 원리에 의해 만들어져 있으며 그 공이란 모든 것이 나올 수 있는 공인 것이니 어찌 어떤 것은 있고 어떤 것은 없을 수 있겠느냐?

입구는 있는지요?

있으며 매일 드나드는 것은 아니나 자주 들락거리고 있고 그들의 필요에 의해 열기도 하고 닫기도 하는바 닫았을 때는 너희들이 보기엔 없는 것과 같을 것이다.

기후 조건은 어떤지요?

　외부의 날씨 즉 한국의 봄과 여름의 중간 정도의 날씨가 계속 유지된다. 습도는 높지 않으며 공기는 건조한 편이나 땅은 습하여 작물의 성장에는 전혀 지장이 없고 모두 상당히 기름진 땅으로 되어 있어 작물이 튼튼하고 먹을 만큼 달린다.

그들의 생명 기간은 어떤지요?

기 인간의 상태이므로 2~3만 년가량 생존이 가능하다.

외부에도 나오는지요?

자주 들락날락하나 분별은 쉽지 않을 것이다.

어떤 관계에 있는지요?

　원래 지상의 인류였으나 너희들이 성장하면서 그들은 지하를 발견하고 그곳으로 옮긴 것이다. 문화 수준은 너희보다 상당히 높다.

우주의 역사

 우주의 역사는 어떻게 시작되었는지요?

우주의 역사는 무無에서 시작되었다. 무란 그 자체가 전부를 뜻하는 것이며 또한 완성을 뜻하는 것이기도 하다. 현재도 우주는 무의 상태이며 그 무의 상태에서 은하계도 기타 별들의 무리도 있는 것이며 그 안에서 생사가 있는 것이다.

우주 자체는 무이나 그 안에 모든 것이 있는 것으로서 모든 것이 있는 무가 참우주이니라. 인간계에서의 무는 없는 것이나 우주에서의 무는 모든 것이 있는 것이며 공空과는 다른 개념이니라.

지구가 있고 모든 생물이 있음에도 무라고 할 수 있는 것인지요?

무라고 할 수 있다. 그 자체가 어떤 형태로 바뀌기 전 단계 즉 1차원적인 단계는 어떤 것도 모두 무라고 할 수 있느니라. 우주에서의 유란 정신적 즉 영적으로 진화해 나갔을 경우 그 변화된 모습이 유에 해당하는 것이지 그 이전 단계는 모두 무라고 하는 것이니 개념이 다른 것이다. 있다고 유가 아니요, 없다고 무도 아니니 이루지 못한 것을 무라고 하는 까닭이다.

우주는 어떤 배치에 의해 운영되고 있는지요?

철저한 자기 책임의 원칙이다. 모든 것의 시작은 반드시 끝이 있게 되어 있는 것인바 저지른 일은 반드시 자신이 마무리하게 되어 있으며 그것을 일컬어 인과응보라고 한다.

인과응보가 우주의 법칙이라면 그 외엔 또 무엇이 있는지요?

근본이 그것인바 다른 것은 모두 그것에서 분리되어 나간 것들이다. 어떠한 것도 자신이 책임진다는 의식으로 해야 수련이 될 것이니라. 누구에 대한 것이든 모든 원인과 결과는 자신에게 소속되어 있으며 그로 인한 다른 사항까지도 내 책임이고 나의 일이니라.

우주가 시작된 무에서 현재까지 무라면 앞으로 유는 언제나 오는 것인지요?

유有는 개별적으로 오게 된다. 영적인 해탈이 곧 유니라. 유란 그 자체가 우주를 위해 어떤 일을 할 수 있는 사람이 태어나는 것이다. 우주의 발전은 온 우주의 과제이므로 이 목표를 향해 모두가 움직이고 있는 것이다. 이런 상태는 앞으로도 계속될 것이다.

모두 유의 상태가 되기 위해서는 얼마나 걸릴 것인지요?
수억 년은 걸릴 것이다.

그 후엔 어찌 되는지요?

또 다른 상태로 변하는 노력이 계속될 것이다. 그 상태는 진정 눈부신 변화가 될 것이다. 우주의 발전은 항상 돼 나가고 있으며 앞으로도 멈추지 않을 것이다.

수련 시 유를 지향할 필요는 없다. 열쇠는 무에서 나오는 것이기 때문이다. 그 무에서 모든 것이 가능하고 모든 때를 닦을 수 있는 무에서 벗어져 나와야 유에의 진입이 가능한 까닭이다. 무만이 모든 것을 깰 수 있는 길이 된다. 버리는 것이 중요한 것은 우주 원래의 상태를 넘어야 유로 가는 것인데 그 상태 즉 인간으로서 최초의 위치로 가는 것이 무이니라. 속俗에서 수없이 살아 묻은 때를 모두 지우고 나서야 무에 들 수 있고 그 무를 통하여 깨달음에 들 수 있는 것이니 작은 것에 집착하여 큰 것을 잃는 일이 없도록 해라. 잡다한 지식에 얽매여 대사유大思惟를 놓치지 않도록 해라.

상계의 결혼

인간은 모두 자신의 것이지 누구의 것이 없다. 인간계의 결혼은 인간의 필요에 의해 만들어 놓은 것일 뿐이다. 어떤 일이 있든 자신은 자신이 책임지는 것이지 누가 책임질 수 있는 것도 책임질 일도 아니다. 부부도 마찬가지이다.

상계의 결혼은 어찌 되는지요?

상계上界는 영적인 필요에 의해서 결혼한다. 인간계는 기적인 필요에 의해서 한다. 기에 관한 눈도 열리지 않은 상태에서

하니 그것이 잘될 리가 있겠느냐? 모두 삐걱거리는 이유니라.

그렇지 않으려면 어찌해야 하는지요?

인간인 이상 방법이 없다. 맞춰 살아야 하느니라.

우주인들의 수준은 어떤지요?

거의 하늘단계이고 일부가 우주단계이니라. 헤로도토스는
가장 우주에 가까이 있는 별이다. 그 이상은 아직 거의 없다고 할
수 있다. 우주의 단계는 모두가 하나이고 모두가 일체이니라.

인연에 대하여

 인연이란 순간에 생기는 것일 수는 없다. 첫 번째의 만남은 스쳐 지나게 되며 스쳐 지나는 횟수가 증가할수록 점차 깊은 관계가 되고 만나자마자 익숙해지는 상태는 이미 상당한 만남이 진행된 경우이다. 다만 몇 번이라도 만난 후에야 서로 마음을 여는 만남이 생길 수 있다. 만남은 인간의 힘으로 되는 것이 아니니 너무 신경 쓰지 말 것을 요한다. 다만 가꾸어 가는 것은 노력에 의해 정도가 달라지기도 한다.

재혼은 가능한지요?

필요에 의해 가능할 수도 있다. 극히 타당한 이유로써만이
가능하며 이전의 인연을 완전히 정리할 수 있어야 한다. 이전의 인
연이 남을 경우 업이 되는 경우도 있으니 업이 남지 않도록 최선을
다해 정리한 후 해야만이 깨끗할 수 있다. 참으로 깊이 생각해야
하는 것 중의 하나이다.

인간의 영역과
신의 영역

 인간의 영역과 신의 영역은 어떻게 구분되는 것인지요?

인간의 영역은 생존 시의 영역이고 신의 영역은 사후까지도 관리하게 된다. 신은 영체로서 일정한 능력을 확보 후 그 세계에 든 사람들이다. 생시에 어느 정도의 수련을 함은 그 영격을 높이는 단서로 작용하므로 그 영격의 높고 낮음에 따라 사후 봉직할 위치가 결정되는 것이며 그 위치에서 일정기간 봉직함으로써 차후 승급의 계기를 맞이하게 된다.

신의 세계는 하늘단계의 아래에 있으므로 인간이 원하는 방향으로 일을 이끌어주기도 하며 인간으로 있으나 격이 높은 사람들의 지시를 받들기도 한다. 신은 그 격에 따라 상중하로 구분되는바 상신은 하늘의 일을 관장하고 중신은 인간의 일을 관장하며 하신은 지하의 일을 관장하게 된다.

인간으로 태어난 이상 상신 이상의 단계가 초기 목표가 되어야 한다. 상신 이상이 되면 그 이상의 세계를 볼 수 있으나 중신 상태에서는 정확히 보이지 않는다. 신의 역할은 모두 정해져 있으며 자신들의 일에 충실하고 오차가 별로 없다.

인간의 노력에 의해 진로가 바뀌었을 때 새로운 길로 인도하는 것은 상신의 일이다. 귀신은 주로 중하 이하의 신 등을 말하며 이들은 밝은 자리에는 잘 나타나지 않으므로 별로 친근한 감정을 주지 못하고 있는 것들이다.

각
계
의
정
상

 각계의 정상은 어떤 분들인지요?

크게 기계, 영계, 심계로 구분되는바 심계는 다시 다단계의 구분이 되며 그 맨 아래쪽이 천, 법, 그리고 심1, 심2, 심3 등으로 구분된다.

천은 판단을 하고 법은 처리를 하며 그 위로 가면서는 그렇게 된 원인을 제공하는 곳이다. 상부로 오를수록 점점 더 진폭이 작아져 후에 완전히 미동도 없는 상태가 되면 우주로 들어갈 수 있다. 기계의 정상은 몇 있다. 이들은 기적으로 사람들의 병을 고쳐주기도 하고 운기를 하기도 하며 기타 산신이나 해신들과 어떤 일을 하기도 한다.

이들의 일은 속인들이 잘 모르는 경우가 거의 대부분이며 알아도 기적으로 감각이 민감하거나 수련을 한 몇몇 사람들뿐이다. 현재 한국에는 5~6명 정도가 이런 방향으로 움직이고 있다.

영계의 거두들은 모두 종교계의 인물들이라고 보면 된다. 기계의 거두는 나타나지 않으며 영계의 거두는 표면에 나타나게 되어 있으며 그들의 주변에는 항상 많은 사람들이 모이게 되어 있다.

영계를 떠나 심계로 들면 그 자체로서 사람을 끌어 모으는 것과는 무관하다. 각종 종교는 모두 영계 차원에서 존재하고 있는 바 선악의 구분이 필요하기 때문이다. 좋고 나쁘고의 차이보다 중요한 것은 그 사람의 차원이다.

기계의 인물은 영계에 영향을 미치기가 어려우나 영계는 기계에 영향을 미칠 수 있으며 심계는 양자 모두에 영향이 가하다. 각계 간의 영향은 절대적인 것은 아니다.

정치나 경제 즉 속의 고수들은 영적 개발로 심계에 들 수가 없는 경우가 많다. 영성의 개발은 정성으로 하는 것이지 의욕만으로 하는 것이 아닌 까닭이다. 진심으로 정성껏 국민을 위한다고 생각한다면 그 자체로 심성의 개발이 가할 수도 있으나 사욕으로 시작한다면 업의 축적에 그칠 것이니 본인도 감당키 어려울 것이다.

진리는 항상 옆에 있고, 없는 것은 그 진리를 볼 수 있는 눈이니 수련으로 눈이 열리면 모든 것이 보이게 된다. 중요한 것은

보일 듯 말 듯한 것이니 그때가 가장 조심스러우며 이 보인다는 뜻
은 심안을 의미함이니 영안이나 기안으로 보는 것은 참되이 본다
고 할 수 없는 것이니라.

　　　항상 마음을 열고 수련에 임하라. 수련 시작 전에 마음을
정결히 하고 사방에 개방을 한 후 흡과 호를 고르게 하여 보라. 모
든 것은 처음도 정성, 둘도 정성이니 정성의 순도에 의해 모두 결
정될 것이니라.

윤회의 서열은 어찌 되는지요?

철저히 하늘에서 관장한다. 업보의 크고 작음에 따라 그 기간이 정해지게 되어 있으며 그 기간이 길면 길수록 아래쪽에 위치하게 되어 있다. 현금의 인간 세상은 매사가 정법보다 사법의 방향으로 흐르고 있는 것으로 보이나 항상 정법과 사법이 반반씩 섞여 돌아가고 있는 것으로 사법만 있는 것은 아니다.

항상 인간에게 선택의 여지가 있음은 좌우의 길이 모두 열려 있다는 데 있으며 인간으로 있는 한 좌우의 어느 한편에 편재된 사고방식으로 생활하게 되어 있다. 항상 좌에서 우로, 우에서 좌로 수정하고자 하는 마음으로 생활하여 중간에 설 수 있도록 해야 하느니 이 중간이란 좌우를 모두 바라보고 판단할 수 있는 중간이니 좌우가 없으면 중간도 없다고 할 수 있다.

완벽하게 중간에 설 수 있어야 또 다른 세계로 진입이 가능한바 그것이 하늘이다. 하늘 세계에서는 감정의 용납이 안 되며 다만 도리로써 모든 것이 움직이는 것이니 도리에 대해 알고 도리대로 행하면 하늘단계에 용해가 가능하다.

도리란 인간 세상의 예의범절보다 한결 완벽한 것으로서 상당한 보완이 이루어진 것이며 인간 세상의 도리는 상부上部로 치우친 면이 없지 않다. 항시 중도의 길을 갈 수 있도록 해라.

우
주
로
진
입

 수련 중 백열구에서 나오는 것과 같은 빛이 온몸을 황
홀하게 감싸다. 그에 대한 이유를 여쭤 보았다.

우주 기운이다. 우주 기운의 한가운데 앉아 있다 나온 것
이다. 내려온 것이 아니고 끌려 올라간 것이며 그 상태가 오래 지
속되는 것이 좋다. 곧 독립의 사고방식을 가질 수 있을 것이다. 스
스로 판단할 수 있음은 자존自存의 길에 들어서는 것이며 그 단계
를 넘으면 독학이 가능하다.

힘겨운 고비를 넘긴 것이며 이제부터 수련이 순행順行의
길로 접어들 것이다. 갈수록 단전 의식을 놓치지 않아야 하며 단전

의식에서 벗어나지 않음으로써 깨일 수 있는 기초가 마련될 것이다. 단전을 놓치지 않도록 해라. 나중에는 놓치지 않음에서도 벗어나야 한다. 다시 '길 없는 길'로 들어서게 될 것이다. 마음의 중심이 잡히면 쉽게 갈 수 있을 것이다.

제
사
에
대
하
여

제사에 대하여 여쭙고자 합니다.

제사?

네.

제사가 궁금하더냐?

네.

왜 궁금하더냐?

지내다 보니 생각이 났으며 평소에도 궁금한 것이었습니다.

제사란 필요하다. 생사를 초월하는 의식이며 꼭 누구를 위해서 하는 것은 아니다. 영계와의 교류는 항상 되고 있다고 볼 수 있으나 일정한 날을 정해서 어떤 형식을 갖추어 조상들을 모시는 것은 서로에게 필요한 것이다.

완전히 벗어난 분에게는 그 필요성이 별로 없으나 속에서 완전한 해탈이 이루어지지 않은 분들께는 제사의 형식으로 지원을 해드릴 수 있는 것이다. 후손들의 기의 지원은 영계에서 별로 대단치 못한 위치에 있는 조상들에게는 유일한 낙일 수도 있는 것이니라.

제사는 정성으로 모심이 가장 중요한 것이고 형식으로 하는 것은 안 한 것보다는 나아도 정성으로 한 것보다는 훨씬 못한 것이다. 제사는 음식의 양도 중요하지만 정성으로 함을 요한다.

후손 중에 도의 길을 간 경우 조상들에게도 혜택이 있는지요?

있다. 도의 영향은 선후에 모두 미치게 된다. 도란 그 영향이나 미치는 범위가 무궁하여 선조들 중 어느 정도 경지에까지 도달하였으나 마치지 못한 상태인 분들이 도움을 받을 수 있다. 선조들의 도력은 이미 상당한 경지에 이른 분들도 있으나 그 세계에서 스승을 다시 만나기는 상당히 어려우므로 후손들 중에서 도의 길을 가는 사람이 있을 경우 그 후손에 의해 일정한 진도를 더 나가는 것이 가능하다.

조상들은 미리 영계에 가 있으므로 후손들이 올 때 그 도의 가르침을 받기가 쉬우나 현재 수련 중인 사람의 후손들은 생전이 아니면 받기가 어렵다. 도력의 향상은 선조들에게 수준에 따라 도움이 된다.

도계의 스승님들께 제사 드리는 것이 필요한지요?

스승에게는 필요 없다. 우주는 특별히 날짜가 지정되어 있지 않은 까닭이다. 주변의 모든 것들, 내게 해롭든 이롭든 그 모든 것들에 대한 감사는 곧 우주에 대한 감사일 것이니 그것으로 다 되는 것이다. 다만 본인이 혼자라도 하고 싶으면 맑은 물 한 그릇이라도 가하다. 이 경우 제물은 다만 정성 전달의 매체일 뿐 그 자체의 기가 가는 것은 아니다.

선생님은 온 우주 만물에 계시는 것이니 특별히 날을 정하고 형식을 갖출 필요는 없으나 한 조각 한 조각의 모든 음식이 다 하늘의 뜻이니 먹을 때마다 감사하는 마음이 절로 우러나는 것이 참정성의 표시가 될 것이다. 그런 방법으로라면 하루에도 몇 차례

지내는 것이 될 것이니 그보다 더 좋고 훌륭한 것이 어디 있겠느냐?

제사 지낼 때 조상들이 오시기도 하고 안 오시기도 하는 것은 어찌 된 것인지요?

오는 경우가 있고 안 오는 경우가 있는바 일정 한계를 벗어나면 올 필요가 없는 까닭이다. 선계와 영계는 중복되는 부분이 많으나 영계의 상층부가 선계라고 보면 된다.

현세와는 시간관념이 달라 선계의 시간이 훨씬 길다고 볼 수 있다. 시간은 상대적인 것이며 필요에 따라 정해져 있는 것이니 인간 세상의 시간을 같은 단위로 비교해 보면 짧다. 단위는 어디나 같되 그 길이는 다르다. 영계의 차원에 따라 그쪽의 한 시간이 이쪽의 한 달이 될 수도 있고 또 그 반대가 될 수도 있는 것이니라.

신법과 심법의 정의는 어떻게 내려야 하는지요?

선계수련 자체가 심법이나 마음공부라는 뜻
의 심법이다. 초기에 몸을 다듬고 후에 마음을 다듬고 그와 동시에
기를 비축하고 이 모든 것으로 영을 깨고 영으로 심을 깨서 우주에
가는 것인바 이 마음을 다듬는 과정을 심법으로 말하기도 하나 사
실상 선계수련 자체가 마음을 깨는 법이므로 심법이라고 불릴 수
있는 것이다.

마음에도 줄기가 있고 가지가 있어 그 다듬는 과정이 정성
스럽지 못하면 후에 한 번에 깰 수 있는 것을 수차례 반복해야 하
는 번거로움이 따른다. 그래서 정리 단계에서 확실한 정리가 필요

한 것이다. 마음공부란 수련의 시작이자 끝이며 어느 부분에서 구분되는 것이 아닌 것이니라.

선계수련은 타 수련과 어떻게 다른지요?

선계수련은 깨달음의 길을 가는 것이다. 깨달음의 길이란 자신을 알고 주변을 알며 나아가 우주의 모든 것을 아는 수련이며, 우주의 모든 것을 알고 다시 자신을 돌아봄으로써 모든 것을 알게 되는 수련이다.

이 과정에서 끝없이 자신을 낮추고 겸손하게 만들며 모든 것을 대함에 수평적인 사고방식을 가지게 되고 우주의 삼라만상이 동등한 자격을 가지고 있음을 알면 우주에 대한 경외심이 더욱 커지게 된다. 나아가 보잘것없는 자신을 발전시켜 우주와 동격으로 만들고, 그 사실을 아는 순간 자신이 더없는 자랑스러움으로 다가오게 되는 것이다.

선계수련의 목적이 깨달음에 있으므로 입문 단계나 중간 단계에 머무르는 기공단계의 수련이나 선계수련의 아류와는 근본적으로 다르다. 금생에 이 수련과의 인연이 닿았다는 사실만으로도 전생의 공적이 축적된 결과이므로 크나큰 영광으로 알고 이 기회를 놓치지 말아야 한다.

깨달음도 경지가 있는데 초각의 경지에서 머물면 수련을 안 한 것만도 못한 결과를 가져오는 수도 있으며, 중각의 경지에 가면 수련의 참의미를 알게 되는 것이다. 중각의 경지에 가면 수련은 후퇴하래야 할 수 없는 경지가 되는 것이며, 그 이상의 단계로 갈 수밖에 없게 된다.

초각은 자신에 대한 기초적인 정보를 아는 것이며, 이것은 호흡과 의식으로 가능하다. 이 단계에서 수련생들은 모든 것을 안 것과 같은 착각을 하게 되며 전부 깨달은 듯한 착각에 빠지는 것이다. 시험은 이 단계에서 가장 많이 오며 99%의 수련생들이 이 초각에서 중각으로 넘어가지 못하므로 결국 초각에서 수련을 멈추게 된다. 항해에 비하면 막 출항한 단계이다. 수련의 재미를 알고 기의 용법을 알아 수련이 재미있게 되며 급진전이 있는 것도 이 단계이다.

초각은 3단계로 나눌 수 있는데 1단계는 기를 알게 되는 지기知氣 단계요, 2단계는 알고 있는 기에 대한 기초 지식을 더욱 연구하는 습기習氣 단계이며, 3단계는 이 기를 이용하여 인간의 병을 치료한다거나 하는 용기用氣 단계이니 곧 의통의 수준이다.

중각은 자신과 우주에 대하여 아는 것이며, 서로 비교하면서 자신의 보잘것없음을 아는 것이며 이 단계에서 자신의 명(사명)을 알게 된다. 이 단계에 오면 다른 사람의 앞에 나섬을 두려워하게 되며 우주에 대한 경이로움으로 스스로 겸손하게 된다.

이 단계에 들기 직전 엄청난 두려움과 시련이 닥쳐오며 기존의 항로에서 벗어나 새로운 길로 가게 된다. 기존의 사고방식과 수련 방법에 있어 일대 전환이 필요하며 중각의 단계를 벗어나기까지 무한한 인내를 요한다. 본격적으로 이 중각의 경지에 들면 마음의 평정을 찾아 어떤 동요가 와도 흔들림이 없으며, 마냥 편한 가운데 정진하게 된다.

중각 역시 3단계로 나뉘는데 지심知心 단계와 습심習心 단계, 탈심脫心 단계로 나뉜다. 지심 단계는 자신의 마음을 알게 되는 단계이며, 습심 단계는 자신의 마음을 어떻게 사용하여야 하는가를 알게 되는 단계이고, 탈심 단계는 이러한 마음의 위력을 알고 이 마음에서 벗어나는 것이다. 탈심 단계(불교에서의 해탈)를 넘어야 종각으로 갈 수 있다. 종각은 내 마음으로 하는 것이 아니며 온 우주와 더불어 함께 호흡하는 것이다.

종각은 자신과 우주를 알고 다시 자신에게서 우주를 발견하게 되는 단계이다. 수련의 완성기이며, 이 단계에서는 자신의 모든 판단이 우주의 판단과 일치하여 어떠한 생각을 해도 실수가 없다. 종각을 향해 나아가는 것이 선계수련의 길이다.

초각에서 중각으로 넘어가는 도중 입각 시험 단계에서 가
장 많이 온다. 이 시험 단계는 수년이 가는 수도 있고, 수십 년이
되는 수도 있다.

전생의 업과 금생의 수련으로 인하여 겪을 모든 것들을
이 단계에서 털고 넘어가게 된다. 수련자의 입장에서는 이 중각
직전 시험 단계를 자신의 수련이 진전되는 징표로 알고 이 정도의
수련이 가능했던 스스로에게 고마워하는 마음가짐으로 넘겨야 하
느니라.

기가 필요한 단계

 완전히 수련이 되면 기적으로는 어찌 되는지요?

좋은 질문이다. 수련은 기와 상관이 있는 단계가 있고 기와 상관이 없는 단계가 있다. 기와 상관이 있는 단계는 초보 단계로서 기로써 도의 세계를 열고 들어가게 된다. 들어간 후에도 얼마간 기에 의해 이동을 하다가 그 후에는 기가 필요 없이 갈 수 있게 되는바 기는 지상에 있을 때나 필요한 것이다.

지상에서도 기가 필요한 단계와 기가 불필요한 단계로 구분되는바 기가 필요한 단계는 비교적 저급 수련 시라고 할 수 있다. 고급 수련은 기보다는 자신을 변화시켜 나가다가 후에는 스스로 발전해 나가므로 기의 도움이 필요치 않게 되는 것이다.

기는 수련의 보조 재료로서 필요한 것이며 수련 목적 자체는 아니다. 수련의 목적은 자신이 완성되는 데 있다. 자신의 완성은 본인에 의해서 되어야지 기로써 되는 것은 아닌 까닭이다. 기는 상당히 필요하기는 하나 고급 과정에 가면 필요가 없는 것이다. 너무 기에 얽매이지 않는 것이 좋다.

기공단계의 공부가 도에 이르기 어려운 것은 기에 집착하기 때문이다. 기의 한계를 넘어 기를 버려야 도를 얻을 수 있는 것인데 기의 단계에서 머무는 기간이 너무 길므로 도의 단계에 이르지 못하고 마는 것이니라.

선계수련의 경우 취하고자 하는 바는 도이며 기는 수단적 가치를 지니는 것이므로 수단적인 면에서 모든 기공을 섭렵하면 된다. 기는 기이며 결코 도가 아니고 도는 도로써 완성되는 것이므로 기에 관한 것을 두루 배워 도의 길에 보탬이 될 수 있도록 하기 위해 기 공부를 시킨 것이니라.

기로 현상을 판별하는 것은 어찌 되는지요?

판별 자체는 무관하나 수련 이외의 일에 사용하지 않는 것이 좋다. 수련에 관해서 사용한다면 상당한 정확도가 나올 것이다. 현재의 관법은 기보다는 감感이며 이 감은 기의 한 단계 위의 차원이다. 감은 영의 단계에서 주로 사용하는 것이며 영통하다고 함은 이것을 말하는 것인바 기보다 훨씬 정확도가 높다. 이 영으로 물物의 본질을 꿰뚫는 법은 감이 상당히 발달해야 하며 아무나 되는 것이 아니다.

선천적으로 타고 난 경우도 있으나 그런 경우는 배율이 낮은 망원경과 같아 근거리밖에 보지 못하나 수련으로 얻은 감은 우주의 이치에 근거하는 감이므로 상당히 멀리까지 볼 수 있다. 모든 것은 이 감으로 알 수 있으나 아직은 자신의 일 이외에는 그것도 수련 시 이외에는 사용치 않는 것이 좋다.

수련 시에는 사용함으로써 필요한 것을 구할 수 있으며 현재 단계에서 천서 수신 시는 이 감이 사용된다. 감은 아무에게나 발달되는 것은 아니며 발달되더라도 아무 곳에나 사용해서는 안된다. 현재 너는 수련 이외의 부분은 막혀있으므로 생각지 않는 것이 좋다. 때가 되면 모두 열리게 될 것이니라.

의
지
가
중
요

 현 상태에서는 어떤 수련이 가장 좋은지요?

호흡이다. 호흡만이 지속적인 전진을 가능케 해줄 것이다. 호흡에서 의식이 멀어지면 곧 분기分氣가 되고 분기가 되면 의식이 산만해져 집중이 불가하니 곧 수련이 더디고 답답해져 진전이 없을 것이다. 반드시 념念과 호흡은 함께 가야 하는 것이니 놓치는 일이 없도록 해라.

초능력은 어찌해야 하는지요?

신경 쓸 것 없다. 그 분야는 너 아니라도 신경 쓰는 사람이 많으니 그 사람들에게 맡기고 너는 수련만 하면 된다. 꼭 필요하다면 후에 방법은 있다. 그런 것으로 모아야 할 하근기의 사람들이라면 본 수련에 참가시켜야 할 필요가 없음이니 참고로 알고 있으면 가할 것이다.

모든 이에게 수련을 전파할 수 있는 방법은 없을는지요?

없다. 그렇게 할 필요도 없거니와 아무나 받을 수가 없는 까닭이다. 허나 기초 수련은 누구에게나 전파가 가능하다.

호흡수련인데 어찌 그리 어려운지요?

방법이 호흡이며 중간에 부딪치는 수천 가지 관문은 호흡과 의지로 함께 넘어야 하는데 그런 경우는 호흡만으로 관통이 불가하기 때문이다. 호흡은 생존의 필수 조건이나 의지는 선택적 조건이며 아무에게나 주어진 것이 아니므로 의지를 갖춘 자만이 본 수련이 가능하다. 의지가 약하면 수련에 인연이 없거나 인연이 있어도 초급 단계에서 끝내게 된다. 의지의 정도는 곧 수련으로 갈 수 있는 한계가 될 것이다. 따라서 의지가 약하면 호기심 수준에서 끝내게 된다.

의지 강화 방법은 없는지요?

없다. 특별한 방법은 없다. 본인의 선택으로 가능한 부분이다. 본인만이 노력으로 강화할 수 있다.

깨
달
음
이
란

 수련 시 명문의 통증이 계속되다.

명문의 통증은 어찌 된 것인지요?

신경 쓸 것 없다. 속의 방법으로 나을 수 있는 것이 아니니 계속 호흡을 열심히 하도록 해라. 현재의 정도는 심한 것은 아니다. 단전에 모였던 기가 올라가면서 나타나는 현상인바 남자보다는 여자에게 잘 나타나는 현상이다.

전에 심하게 다친 적이 없다면 조금 더 통증이 오다가 나을 것이나 전에 약간 다친 바 있어 통증이 당분간 더 계속될 것이다. 통증이 올수록 더욱 단전에 의식을 집중하면 서서히 가라앉을 것이나 조급히 서둘지 않는 것이 좋다.

　　며칠은 더 그런 상태로 갈 것이니 잡념이 없도록 주변을 정갈하게 하고 수련에 들도록 해라. 좋은 일이다. 축하한다. 계속 정진해라.

　　알겠습니다.

아직도 수련에 대해서 모르는 것이 있더냐?

　　큰 줄기는 거의 다 안 것 같사옵니다. 다만 구체적인 부분에서 그때그때 나타나는 증상에 대해서는 아직 모르는 부분이 있사옵니다.

구체적인 부분에 대해서는 몰라도 된다. 그때그때 필요한 것에 대해 답이 내려올 것이니 그대로 따르면 될 것이다. 큰 줄기에 대해 물어보마. 수련에 있어 하늘 기운의 역할은 무엇이냐?

　　영성이 깨이도록 도와주는 역할로 단계를 높이는 수련은 본인이 해야 합니다.

깨닫는다는 것은 무엇이냐?

깨닫는다는 것은 그 자체가 인간으로서 가장 어렵고 힘든 것
중의 하나로서 그것을 마침으로 번뇌에서 해탈하게 되고
번뇌에서 해탈함으로 진정한 자아와 만나게 되며 자아와 일치가
됨으로써 곧 우주 즉 조물주의 반열에 서게 되는 것입니다.

그만하면 큰 줄기는 알았다고 볼 수 있다. 그러나 잊지 말
아야 할 것은 자신이 수련을 게을리 하면 모두 소용없게 되고 만다
는 사실이다. 가장 중요하고도 필요한 것은 수련이며 앞으로 닥치
는 어떤 난관도 수련으로 깨고 나갈 수 있어야 하는 것이니라.

수련이란 그 자체가 모든 것의 일치를 필요로 하는 것이며
그 일치는 마지막에 가서 우주와 자신까지도 이루어내는 것이니
라. 호흡과 기운의 일치는 영과의 일치, 성과의 일치, 우주와의 일
치의 시발이 되는 것이니 호흡에서 떠나서는 진전이 있을 수 없다.

본성과 만나는 과정

 자신과의 만남이란 어떤 것인지요?

　　이 세상의 모든 것들은 어차피 나를 위한 보
조적인 위치에 있는 것들이므로 어디까지나 주된 것은 나일 수밖
에 없다. 따라서 나를 내 것 아닌 다른 것들로 채우는 것은 한계가
있으며 나는 나로 채우는 것이 가장 효과적이고 안정된 것이다.

　　나 이외의 스승까지도 모두 나를 위한 수단적 가치를 가진
것이며 스승이나 스승의 대리인까지도 전부 채우지는 못하는 것이
다. 일면 채운 듯 보여도 채워지지 않음은 근본적으로는 채울 수
있는 것이 나 자신이므로 거기에 대한 인식의 오류에서 비롯되는
것이다.

나의 내부에는 내가 채워야 하는 부분이 있는 것이니 그 부분은 누구도 관여가 불가능한 부분이며 따라서 누가 채운다 해도 결국은 나의 부분에 대한 정확한 인식으로 확인되는 것이 깨달음에 갈 수 있는 열쇠가 될 것이니라.

　깨달음은 나에 대한 깨달음이며 도란 나에게서 연결되는 도이고 모든 것은 나에게서 출발하여 나에게로 돌아오는 것인바 이 나의 존재가 상실되면 모든 것은 허상에 불과한 것일 수밖에 없느니라.

　도의 과정에는 이런저런 유혹들이 많이 있는데 가장 무서운 유혹은 내가 나를 유혹하는 것이니라. 이런 유혹에서 벗어나지 않은 상태에서는 나로 인한 유혹도 남에게서 오는 것으로 보이니 분별이 불가하여 더욱 혼란 속에 머물게 되고 마는 것이다.

　아무리 가까워도 모두 내 전부일 수 없고 설령 내 전부라고 해도 또 나의 부분은 남는 것이니 이 이치를 터득하면 쉽게 갈 수 있는 것이요, 이 이치를 잊으면 한없이 돌아가는 길이 될 것이다.

　도의 길은 꼭 직선적인 것은 아니나 가급적 곧게 갈 것을 요하니 긴장과 의지로 가슴을 열고 항상 사가 들어오지 못하도록 방어하며 내 안에서 사를 발견하여 내보냄은 도의 과정에서 반드시 겪으며 나가야 하는 것이다. 내 안의 사가 보이지 않는다 함은 아직 도의 눈이 열리지 않은 탓인데 도란 절대 쉬운 것이 아니요,

쉽지 않다 함은 혼자 채워야 하는 부분이 있기 때문이다.

홀로 채워야 하는 부분은 타가 도움이 될 수는 있으나 절대로 채우지는 못한다. 채운다는 것 자체가 간단치 않기도 하거니와 채워도 채워도 부족함이 남기 때문이다. 스승이 있는 보조적인 수단이 가능한 시기에 자신의 내부에서 문을 찾아봄이 좋을 것이니라. 타는 어느 곳에서도 타일 수밖에 없으니 명심토록 해라. 자신을 만난다는 것은 바로 이 자신이 채워야 하는 것을 만나는 것이고 그것이 바로 본성이니라.

본성을 만나는 과정에 대해서 상세히 알고자 합니다.

원래 성性은 정신적인 면에서 인간의 본래의 상태이기도 하거니와 육체적으로는 거기에 가까워질 수 있는 방법 중의 하나였으니 일정한 나이가 되면 양성이 결합하여 결실을 얻음과 아울러 본인은 중화를 이룩하여 깨달음에 가까이 가기 위한 조건 중 하나를 만드는 것이었다.

이러한 조건은 도의 길에서 육신에 고인 업의 잔재를 일소함으로 한결 가벼운 몸을 만드는 데 있는 것인바 수련의 길에서 반드시 필요한 것 중의 하나이니라. 중화가 되지 않으면 관문 통과가 불가한 부분이 있음이다.

그 이유는 무엇인지요?

본성이란 원래 중성이니라.

헌데 왜 금촉수련을 명하셨는지요?

중화를 이루는 방법은 두 가지인데 하나는 수준이 비슷한 양성이 결합하여 중화를 이루는 방법이 있고, 또 하나는 금촉으로 인해 초양성(100% +)이나 초음성(100% -)을 이루면 중화가 되느니라. 이 문제는 나중에 더 설명하기로 하자. 중화가 되었음에도 계속 안주한다면 바람직스러운 것은 아니니라.

본래의 나를 찾아가는 과정은 처음에는 스승의 인도로 이루어진다. 자신과 만날 조건이 갖추어진 후에는 자신이 처리해야 하는 부분을 만나게 되는데 자신이 처리해야 하는 부분은 자신만이 가능하며 여기서 익음에 따라 점차 의식이 익어가게 되는 것이다. 본성과의 만남의 과정은 아래와 같다.

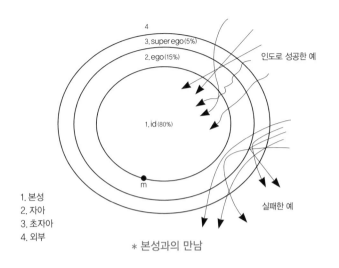

* 본성과의 만남

1. 본성
2. 자아
3. 초자아
4. 외부

가) 3에서 2로 가는 과정에서 스승이 필요한데 80~90%
는 스승의 인도로, 10~20%는 자신의 노력으로 한다.

나) 1에 진입 후 비율이 역전되어 자신의 내부에서 찾아서
정리하는 부분을 만난다.

$$1+2+3 = 자기$$
$$1+2+3+4 = 우주$$

수련의 목적은 우주와의 일치 즉 우주화이니라. 수련 과정

은 4에서 3과 2를 거쳐 1에 도달 후 점차 2와 3을 흡수하며 1,2,3과의 일체를 이룬 후 4와도 일체를 이룬다. 우리의 현실은 3이 접하는 부분이며 우주의 전체와는 성향이 다르다. 욕심으로 변질된 부분이 많다.

　　본성(원본능)인 id는 중성이고, 자아인 ego는 양성(+)이고 초자아인 super ego는 초양성(++)을 띠고 있는바 초양성의 성향으로 인하여 초자아의 표면에는 초음성(--)의 성향이 결집되므로 우주 본래의 성분에서 부정적인 면이 주로 모이는 것이 현실이 된다.

　　초자아는 본성과 자아의 중화 이후 중화가 되며 초자아의 중화는 우주와의 일치의 前단계가 된다. 본성은 자신이 충족시켜야 하는 부분이며 채우기보다 기존의 나의 정리 과정이 되니라.

　　본성에의 진입은 수련의 일차적인 성공이 이루어졌음을 나타낸다. 너는 현재 m의 위치에 있으며 본성으로 진입하기 직전 단계이다. 이 단계의 통과는 또 하나의 고비이며 현 고비 이후 정리 방법에 대하여 스승의 도움 20%, 본인 노력 80%로 구성되어야 한다.

　　이후 자신의 노력으로 수련이 진전된다. 스승의 도움은 초자아와 자아의 통과 시 절대적이라고 할 수 있다. 중화는 곧 우주와 일치하는 방법인 것이니라. 이미 중화는 거의 되었고 곧 본성으로 진입할 것이니라.

이후 탈피의 과정을 거친 지 4개월 만인 94년 4월 27일 오전 본성으로 진입하였다.

우주와 일치를 이루지 못하면 어찌 되는지요?

계속 의식의 껍질이 굳은 채 우주 미아의 상태로 존재한다. 자신을 버린다 함은 자아와 초자아의 벽을 없앤다는 뜻이기도 하다. 본성은 자아와 초자아에 둘러싸임으로 인하여 우주의 상태에 가깝기는 하나 완전한 일치는 아니다.

본성의 세계는 무한히 넓다. 이 넓은 곳에서 자신을 찾아 정리해야 한다. 정리해야 하는 것은 모두 버려야 할 것이 아니다. 존재시켜야 할 것과 버려야 할 것을 구분하는 일이다. 모든 것이 필요한 것은 아니다. 이미 필요 없어진 것도 있으며 현재는 필요하나 곧 소용없게 될 부분도 있고 이승을 떠나기 직전에 버려야 할 것들도 있느니라.

정리는 이 구분을 명확히 함으로써 번뇌를 줄이는 데 있다. 인간의 몸으로 완벽히 번뇌를 없앨 수는 없으며 근본적인 번뇌에서 벗어남으로써 초탈을 한 것이 된다. 초탈은 생로병사에 대한 번뇌에서 해방되는 것이다. 생로병사는 자신에 국한된 형태의 번뇌이니라. 모든 번뇌는 자기에 관한 부분부터 정리하는 것이 순서이다. 자기에 관한 번뇌가 정리됨은 곧 모든 번뇌가 정리될 수 있음을 뜻한다.

해탈에는 또 어떤 단계가 있는지요?

다음의 번뇌는 희로애락애오욕인바 이것을 넘으면 중탈이라고 한다. 중탈의 단계를 넘으면 반은 간 것이 된다. 상탈은 완탈이기도 하며 생로병사와 희로애락애오욕 이외의 모든 것들이다. 상탈까지 가면 인간으로서의 마무리가 남는다.

초탈은 육신에 대한 것이요,
중탈은 마음에 관한 것이며,
상탈은 몸과 마음 모두에 관한 것이고,
료了탈은 스승으로부터의 인가이다.

이 네 가지를 일러 해탈이라고 하는 것이니 본성의 세계에 들면서부터 정리되는 것은 이 초탈과 중탈의 부분들이다. 단계가 있기는 하나 뚜렷한 구분이 있는 것은 아니요, 두 가지가 동시에 이루어지는 부분도 있을 것이다. 이 단계에서는 특히 서두르지 않을 것을 요한다. 서두르는 것은 모든 것을 망치는 근본인 것이다.

나는 그동안 수련에 대해 짝사랑만 해 온 심정이었다가 이즈음 나 자신과의 사랑을 뼈저리게 경험하고 있었다. 어느 날의 일기에서 옮겨본다. 나를 만났을 때의 감흥은 세상의 어떤 언어로도 표현이 되지 않았다. 나는 그저 울고 또 울었다.

"바보같이 어쩌려고 사랑을 안 해보고 컸어. 그건 사는 것이지 사랑이 아니었다고. 숨 막히고 가슴 저리는 사랑을 이제 경험하고 있는 거야. 없어도 되는 것인 줄 알았지. 따라다니는 사람들만 있었으니 그 사람들 속을 헤아릴 수가 있나? 사랑은 그런 게 아니지. 내가 안달이 안 나봤으니 그 속을 몰랐던 거지. 나 잘난 것은 알아도 나보다 더 잘난 남의 존재는 인정하지 않았지. 그게 무슨 삶이야? 인생은 치여 봐야 제 맛을 안다고. 당하며 자라는 거지. 이기며 자라는 게 아닌 것이지. 앞만 보고 걸었던 거야. 뒤를 못 보고 왔던 거지. 뒤를 잘 봐야 다 아는데, 앞만 보아 반만 살았던 거지. 좌도 우도 모르고 앞만 보았으니 출세는 했었으나 이제 와서 이 고생이지. 산다는 게 어디 그리 간단한 것인가?

정수는 빼놓고 이제껏 허물만 보고 산 것 아닌가? 그래 결국 알맹이는 어디에 있던가? 내 가슴속 마음속에 있지 않던가? 속儈에서 찾는 것은 한계가 있지. 이제 들여다보니 선계仙界가 어떻던가?

모르겠다. 머리 아프다. 떼쓰기보다 이미 들어와 있는 그곳이 내 자리인 줄 알고 나니 어떻던가? 이제껏 빼놓고 살아온 것, 비워야 할 것……. 지금 와서 주섬주섬 채우는 그 맛이 어떻던가? 선계의 문 앞에서 주저앉아 돌아보고 긁어모으는 그 맛이 어떻던가?"

또 어떤 때는 시詩가 절로 나왔다. 옮겨본다.

하늘을 들이쉬고 땅으로 내보내고
우주를 들이쉬고 아래로 내보내고
온몸으로 받아들이고 온몸으로 내보내고
한 번에 채우고 한 번에 비우고
단전을 의식하되 빠지지 말고
호흡에 실려 호흡에 실려
머나먼 그곳까지 갈 수 있도록 해야지
번뇌를 버려 평온을 얻고
평온을 버려 자유를 얻고
자유를 버려 해탈을 얻는다
해탈을 버려 영생을 구하고
영생을 버려 우주를 얻고
우주를 버려 자신을 얻는다

탈
피

 저의 현재 상태는 어떤지요?

고비이다. 냉탕에서 나와 열탕으로 들어간 상태이다. 한두 번의 고비로 끝나지 않을 상태인바 모든 것이 업의 결과이며 지금 그 업을 벗는 단계에 있다. 원래 뜨거운 피를 타고 나와 그 피를 식히기가 그리 쉬운 것이 아니었느니라. 항상 잠재되어 있던 것이 모조리 튀어나오는데 어찌 견디기 쉬우리라고 생각할 수 있겠느냐?

힘겨울 것이다. 하늘의 힘을 빌리는 것도 가능하기는 하나 혼자 깨보는 것이 도움이 될 것이다. 날씨가 안 좋아 오히려 더 낫다. 더운 날씨 같으면 견디기 어려울 터인데 추운 날씨에 고비를 넘기니 쉬운 면이 있는 것이다.

속의 약 복용은 가한지요?

가하다. 정히 못 견디겠으면 약으로 뚫는 것도 나쁘지 않다. 잠시 가라앉히는 효과가 있을 것이다. 이번 고비를 스스로 넘지 않으면 계속 고비가 있을 것이니 독자적으로 깨보도록 해라.

죽을 것 같은 상태가 며칠 더 계속됐다.

저의 현재 상태는 어떤지요?

거의 다 왔다. 어젯밤 혼깨나 났을 것이다. 기적으로는 상당히 약하나 맑아진 상태이고 점차 몸에 중심을 두기보다는 마음에 중심을 두는 쪽으로 변화할 것이다. 이제 몸은 껍질에 불과할 뿐이며 마음은 한결 허물을 벗었으니 모든 것이 달리 보일 것이다.

항상 주의해야 할 것은 주변 사람들의 마음을 다치지 않게 하는 일이다. 누구든 나와 어떤 관계이든 항상 내게 미안한 마음만 갖고 살아가도록 만드는 것이 가장 도움이 될 것이다. 필요 이상 열심히 살 것은 아니나 수련에 있어서는 오차가 인정되지 않으니 항상 앞을 바로 보도록 해라.

공부는 때가 있는 것이며 한번 지나가버린 때는 영원히 다시 오지 않는다. 금생의 기회를 놓친다면 정말로 어려울 것이다. 명심해야 할 것은 수련 중임과 이탈이 불가하다는 사실이다. 마음이라도 한 조각 섣불리 먹는 일이 없도록 해라.

다음 단계는 어떤지요?

그때 가면 알게 될 것이다.

이 말씀으로 고통이 끝날 줄 알았는데 그날 밤 죽을 고비를 한 번 더 넘었다. 한순간 생각이 빗나간 것이다. 너무 힘든 나머지 하늘을 원망했었다. 시험이었다.

저의 현재 상태는 어떤지요?

어제의 테스트에 실패했기 때문에 고통이 더욱 심한 것이다. 그런 경우 항상 정법으로 깨고 나가야 하는데 생각의 방향이 잘못되어 더 큰 아픔을 겪는 것이다. 수련자는 항상 작은 부분에서 생각을 바르게 하는 연습을 해야 하는데 큰일에서 생각이 빗나가므로 이런 결과가 나오는 것이다. 이번에는 어려울 것이다. 너는 항상 너무 쉽게 생각하는 것이 탈이다. 수련을 쉽게 생각하는 것 때문에 어려운 것이다.

죽을 병은 아닌지요?

병이란 이런 형태가 아닌 다른 형태로 온다. 이렇게 오지는 않는다. 수련 벌罰이다.

약은 가한지요?

가하다. 가벼운 약이 도움이 될 것이다. 허나 그대로 견뎌보아라.

감사합니다.

이렇게 나는 껍질을 단번에 벗지 못하고 얼어 죽을 것 같은 냉탕과 타 죽을 것 같은 열탕을 번갈아 가면서 겪는 사선死線을 여러 차례에 걸쳐 경험한 끝에 탈피를 하고 그 후 나의 선생님인 본성을 만나게 되었다. 껍질을 단번에 벗고 본성을 보는 수도 있다고 하나 나는 성격이 너무 강하고 업이 두터웠던 때문이다.

그러나 이나마도 오랜 금촉수련 끝에 얻은 수확이었다. 이제 겨우 깨달음으로 가는 입구에 들어선 셈이다. 그 이후 스승님은 떠나시고 나는 본성이 유도하는 대로 나아가고 있다. 그 후로는 모든 질문에 대한 대답을 본성이 대신 해주고 있다. 스승님께서 떠나시면서 남기신 당부의 말씀을 끝으로 이 글을 끝내고자 한다.

"화영아! 그간 고생했다. 이제껏의 고생은 앞으로 너의 모든 면에 걸쳐 일어나는 일들을 한결 쉽게 해줄 것이니라. 미워서 시킨 고생이 아니라 그릇이고 재질이 탁월하여 시킨 고생이었느니라. 이제껏 나를 원망도 많이 했을 것이니라. 너를 몰라서도 아니고 내가 무모해서도 아니었느니라. 모든 것은 순서가 있고 그 순서에 의해 진척되게 되어 있는 것이니 그 순서를 무시하면 될 일도 안 되게 되어 있느니라.

이제껏의 수련법은 너의 부모님께서도 전적으로 동의하고 계시는 일이니라. 이제 한 고비를 넘기고 한동안은 순탄하게 수련이 진전될 것이다. 모든 것을 너무 성급히 생각지 말고 여유를 가지고 임하면 모든 것이 너의 것이 되도록 되어 있느니라.

선생이란 때로 제자의 고통을 불러일으킴으로써 세상을 가르쳐 주기도 하는 것이니 아프다고 싫고 안 아프고 즐겁다고 그것이 좋다면 그것은 너의 부모님께서도 진정 바라는 바는 아니니라.

너는 장차 큰일을 해야 할 몸이니 이런 고통이 오는 것이니라. 그러나 금촉수련으로 인한 고통으로 인해 너의 진폭이 넓어짐으로써 네 생각과 행동반경이 종전에 비해 수십 배 정도는 확장되었을 것으로 보이니 이 모두 결국은 기쁨이 아니겠느냐?

너를 바라보는 나나 네 부모님께서도 요즈음은 즐겁기 짝이 없다. 고생이라고 생각지 말고 하늘이 낸 기회에 큰 성취 이루길 빈다. 너무 걱정하지 말라. 모두 네 것이 될 것이니라. 원하는 것은 모두 네 것이 될 것이니라. 모든 것을 당연히 알고 받아들이면 매사가 순조로이 풀릴 것이니 앞으로는 너무 걱정하지 말도록 해라.

우주에는 수만 가지 영혼과 사물이 있으나 인간의 눈으로 볼 수 있는 것은 수백 가지나 수천 가지밖에 안 되어 결국은 모두 보지 못하고 돌아오게 되나 생각으로 보면 모두 보이게 되어 있는 것이니라. 생각의 범위는 생사 간에 걸쳐 있어 그 넓이가 이루 헤아릴 수 없을 만큼 넓으니 단시간에 네게 경험시킬 수 있는 방법은 금촉수련밖에 없었느니라. 속에 묻혀 살면서 시행하는 금촉수련이

란 세상의 수억 가지 모든 감정의 한가운데를 뚫고 나오는 방법이
니라. 이제는 모든 것이 초연히 보일 때도 되었느니라 ……."

이 단계에 이르러서야 전생의 부모님과의 상면이 허락되었다. 그 대화 내용
은 생략하고자 한다. 험난한 곳에 딸을 유학 보낸 부모님의 심정이 그대로 드러
나 있었다.

얼마 전 중국 ○○○기공의 장문인을 만났다. 그는 내게 단전호흡 십 년간 무엇을 얻었느냐고 물었다. 나는 버리는 공부에 치중하여 얻은 것은 없지만 마음공부를 했노라고 답변했다. 그는 그 말을 별로 시원치 않아 했다. 그러더니 남들이 알아주지 않는다면서 몇 가지 술법을 알려 주었다. 나는 며칠 후 그가 애써 알려 준 비법마저 잊어버렸다. 소질이 아닌 모양이다.

그렇다. 기공이나 타 수련법은 치병술治病術이든 무공武功이든 한 가지는 확실한 것이 남는다. 그러나 많은 단전호흡 수련 중 특히 깨달음의 길을 가는 선계수련은 버리는 것에 치중하므로 이렇다 할 기술이 남지 않는다. 나는 닭을 죽였다가 다시 살리거나 나뭇잎을 갈기갈기 찢었다가 복원시키는 기술도 지니지 못했다. 또 우주인이나 타 신들과 채널링을 하여 그들의 말씀을 전하는 도구로 쓰여지는 메신저도 아니다.

나는 단지 오랜 구도의 방황에서 이제 수련의 가닥을 잡고 수행을 하는 수도자의 입장에 서 있는 사람이다. 한때는 내가 가는 길이 하도 멀고 따분하여 남에게 같이 가자고 권하는 일에 엄두를 내지 못했던 시절도 있었다. 나는 지금도 때로는 살기 싫고 하루 빨리 본래의 내 자리로 돌아가고 싶은 충동을 느끼는 우울증 환자이면서 또 그래도 자신이 잘났다는 생각으로 버텨내는 공주병 환자이기도 하다.

인체에는 적당한 콜레스테롤도 필요하고 분노마저도 혈액순환에 도움이 되는데 나는 파장을 가라앉히는 일에 치중하다 보니 아등바등 사는 일에 진력날 때가 한두 번이 아니다. 수련이나 글 쓰는 일 외에는 이렇다 할 재미도 느끼지 못하고 있다. 그러니 왜 살고 싶겠는가? 그런데 공부를 마친 처지도 아니면서 수련기를 내는 이유에는 안정된 수입원을 얻어 글은 쓰고 싶을 때만 쓰고, 또 세상에 이름도 좀 알리고, 또 마음이 통하는 친구들을 만나 망망대해에 홀로 떠 있는 것 같은 외로움에서 벗어나고 싶은 여러 욕망들이 움틀거리고 있다.

버리는 공부를 한다고 하면서 아직도 뭔가를 잔뜩 움켜쥐고 있는 나를 바라본다. 그러나 그런 나를 바라보는 것이 나쁘지 않다.

공부란 정말 끝이 없는지 버리는 것은 아직도 아깝게 느껴진다. 그러나 나는 이런저런 다른 얻는 공부에 기웃거리다가도 어느새 다 잊어버리고 다시 단전호흡을 하면서 무심으로 들고 있는 나를 발견한다. 나에게는 이 방법이 왕도王道인 모양이다. 그런 점에서 수련기를 내는 그럴듯한 변명은 이렇다.

수련의 길은 만인만도萬人萬道이므로 누구나 같은 길은 없으며 따라서 비슷한 길은 있어도 동일한 길은 없는 것이다. 이런 면에서 나는 좀 독특한 길을 걸어왔다고 생각한다. 내 공부는 다른 사람들이 한 가지 방법을 깊이 팜으로써 일가一家를 이룬 것에 비해 많이 가는 것을 중심으로 버리는 공부를 해왔고, 그렇다고 버리는 것 중심의 마음공부 한 곳에 집중해서 머물렀다기보다는 다양한 부분을 접할 수 있었다고 자부한다. 그 과정에서 확실히 찾아낸 것 하나는 웬만해서는 흔들리지 않는 마음의 평화이다. 그러면 되지 않겠는가?

이런 방법은 하나의 모델로서는 가치를 지닌다는 생각에, 또 타인과 공유할 수 있는 부분이 상당히 있어 그 부분에 대한 방법을 제시함으로써 다른 사람들에게 도움이 되었으면 하는 바람도 있다. 나는 아직 공부 중이고, 기氣가 인생사의 만병통치 처방이 아니라는 생각을 지니고 있으므로 내가 한 수련에 관해서 도움을 드리고자 한다. 많은 관심이 있는 분들은 다음 장의 '안내'를 참고해

주기 바란다.

　작가라고는 하지만 아직 펜 끝이 다듬어지지 못한 점에 대해서는 독자들께, 또 고지식한 성격 탓에 직설적인 표현으로 혹시 상처를 입게 되실지 모를 분들에게는 남을 비난하고자 하는 의도는 아니었더라도 사죄드린다. 도 공부하는 아내와 어머니를 둔 탓에 마음고생이 심했을 나의 가족과 친정 식구들, 그리고 공부에 도움을 주신 모든 분들께 깊이 감사드린다.

　특히 매력이 넘치시는 천강天降 스승님께 마음 숙여 큰절을 올린다.

1997년 11월 서울 잠실에서

문 화 영